Boileau-Narcejac

Maléfices

Denoël

Toute ressemblance éventuelle avec des personnages
existants serait l'effet d'une pure coïncidence.

Pierre Boileau et Thomas Narcejac ont écrit une œuvre qui fait date dans l'histoire du roman policier et qui, de Clouzot à Hitchcock, a souvent inspiré les cinéastes : *Les diaboliques, Les louves, Sueurs froides, Les visages de l'ombre, Meurtre en 45 tours, Les magiciennes, Maléfices, Maldonne...*

*L'amour n'est rien, s'il n'est pas de folie, une chose insensée,
défendue, et une aventure dans le mal.*

Thomas MANN.
La montagne magique.

*Malgré ses efforts, il tombera, car il a mis les pieds sur un filet ; il
marche dans les mailles ; il est saisi au piège par le talon et le filet
s'empare de lui. Des terreurs l'assiègent, l'entourent et le poursuivent
par-derrière.*

LIVRE DE JOB

1

François RAUCHELLE
vétérinaire
Le Clos Saint-Hilaire
par Beauvoir-sur-Mer (Vendée)

à

Maître Maurice GARÇON
de l'Académie française
Avocat à la Cour
(Paris).

Tout a commencé le 3 mars dernier. Du moins, il me semble. Je ne sais plus ce qui est essentiel et ce qui ne l'est pas. Est-ce la visite de Vial qui a tout déclenché ? En un sens, oui. Mais si l'on ne croit pas au hasard, le drame a commencé deux ans plus tôt. En mars, justement !.. C'est en mars que je me suis installé ici, avec Eliane. Nous arrivions d'Epinal.

Mais je ne vais pas vous raconter ma vie. Je veux seulement vous dire par le menu les événements de ces trois derniers mois, sans les résumer, sans les arranger, tels que je les ai vécus, en un mot. Je ne sais pas si je suis innocent ou coupable. Vous en déciderez quand vous aurez lu ce rapport, car c'est un rapport que je vais m'efforcer d'écrire. Je n'ai pas la prétention de manier la plume avec adresse. Mais mon métier m'a appris à observer, à réfléchir, à sentir aussi, et j'entends par là à être sensible, plus qu'un autre, à ce que j'appelle « les signes ». Quand je m'approche d'une bête pour la première fois, je sais immédiatement comment la mettre en confiance, comment lui parler, la caresser, la rassurer. Ce que mes doigts devinent d'abord sous les pelages trempés de sueur, c'est la peur. Les animaux sont hantés, croyez-moi, par la peur de mourir. J'ai toujours possédé le sens de cette angoisse sourde qui tenaille les bêtes, quand elles sont malades. Je connais tout de la peur. Voilà pourquoi je suis un bon témoin.

Et pourtant, ce 3 mars, quand la cloche a tinté, je n'ai eu aucun pressentiment. La nuit tombait. J'étais éreinté. Toute la journée, j'avais circulé dans le marais, d'une ferme à l'autre. Je venais de prendre une douche et j'étais en robe de chambre, dans mon bureau, en train d'établir une liste des produits pharmaceutiques que je devais demander d'urgence au laboratoire de Nantes. Tom aboya. Je me levai sans courage. Un accident, sans doute. Un cheval blessé qu'il faudrait peut-être abattre. Je descendis, traversai la cuisine pour prévenir Eliane.

— Je ferai vite. J'irai demain si ce n'est pas trop pressé.

— Tu vas encore manger froid, dit Eliane.

Ce qui signifiait : Je vais encore manger seule ! Mais je n'avais pas le droit d'être négligent. Mon prédécesseur avait perdu sa clientèle en quelques mois, simplement parce qu'il n'avait pas compris que, dans le marais, les bêtes passent avant les hommes. Je descendis l'allée. Je voyais, derrière la grille, une haute silhouette et la masse sombre d'une voiture aux dimensions inhabituelles, sans doute une américaine. Intrigué, je hâtai le pas et ouvris la grille.

— Monsieur Rauchelle ?

— Oui.

— Docteur Vial.

Je le priai d'entrer. Il hésita puis décida :

— Rien qu'une minute.

Tout en marchant près de lui, je pensais très vite : un Parisien qui est venu passer le week-end à Saint-Gilles ou aux Sables. Peut-être pour aérer sa villa, avant les vacances de Pâques... Une cinquantaine d'années, au moins... Riche... Les enfants sont établis... Madame a un chien qu'elle a trop bourré de sucreries... Un pékinois, ou un basset... Je le fis entrer dans mon cabinet de consultation. Il regarda autour de lui, posa sur la table d'examen son feutre et ses gants, refusa la chaise que j'avançais et me tendit son étui à cigarettes. Il portait un costume de tweed, cossu, avec une pochette bouffante qui lui donnait l'air d'un acteur. Il avait des yeux très bleus, durs, saillants, la peau du visage fine, bien nourrie, les oreilles charnues. Il m'écrasait un peu.

— Est-ce que cela vous ennuierait d'aller à Noirmoutier ? me demanda-t-il.

— Non. Je n'y vais pas souvent, à cause du Gois... C'est une telle perte de temps, quand on est coincé de l'autre côté, par la marée... Mais si c'est nécessaire...

Il m'observait, immobile, m'écoutant à peine.

— Est-ce que vous avez déjà soigné des fauves ?

13

— Des fauves ?... Diable !... J'ai soigné des taureaux.

— Non, dit-il avec une imperceptible pointe d'impatience. Il ne s'agit pas de ça... Il s'agit d'un guépard.

Ce fut ce mot qui m'alerta. Il me causa une impression pénible. Je haussai les épaules.

— Si vous vouliez bien m'expliquer...

— C'est juste.

Il repoussa son chapeau et s'assit sur le coin de la table.

— En deux mots, voici : je suis chirurgien à Brazzaville. Je viens de passer quelques mois en France et, avant de repartir, je suis allé à Noirmoutier saluer une amie, Mme Heller...

Il chercha des yeux un cendrier, peut-être pour se donner une contenance. J'avais l'impression qu'il parlait à contrecœur. Il continua :

— Curieuse femme... Elle est née à la colonie... J'espère que le mot ne vous choque pas ?... Elle a vécu là-bas, s'y est mariée. C'est vraiment une Africaine. Et puis, à la mort de son mari, l'année dernière, elle est partie pour la France.

— Pour Noirmoutier ?

Vial sourit.

— Vous avez raison de rectifier. Je l'aurais plutôt vue à Paris. Elle est si cultivée ! Elle peint à ravir. Mais elle n'avait pas de fortune. Elle ne possédait que cette vieille bicoque héritée de son mari. Alors, elle a bien dû se résigner.

— Quand même, Noirmoutier après Brazzaville !

— Elle ne pouvait faire autrement, dit Vial, sèchement. D'ailleurs, elle n'est pas malheureuse. L'endroit

14

est charmant, vous verrez... La maison s'élève au milieu d'un bois de pins.

— Le Bois de la Chaise.

— Oui, je crois. De son atelier, Myriam voit la mer, la côte.

Il avait dit : Myriam, machinalement. Il avait l'habitude de l'appeler Myriam. Mais cela ne prouvait rien.

— Et alors, le guépard ? fis-je.

— Eh bien, le guépard est malade. C'est une bête que je lui ai donnée, quand elle est partie. J'ai voulu que quelque chose de vivant la rattache à l'Afrique. J'ai peut-être eu tort. Maintenant, Nyété est malade. Je ne sais pas ce qu'elle a. C'est une femelle et les femelles sont plus délicates que les mâles, plus sensibles. J'ai l'impression qu'elle n'arrive pas à s'acclimater. Mme Heller ne sait pas la soigner. Du moins, à mon avis. J'aimerais que vous alliez là-bas... Cette bête, vous comprenez, pour moi, c'est un peu plus qu'un guépard.

Oui, je commençais à comprendre. Vial se leva.

— Vous irez ?

— Demain matin.

— Merci.

Il paraissait soulagé, faisait un effort pour être cordial.

— Vous me trouverez aux Sables-d'Olonne, à l'*Hôtel du Remblai*. Je pars dans dix jours. Venez me rendre compte...

Il se rattrapa aussitôt.

— ... Venez me dire si vous pouvez faire quelque chose... Naturellement, tous les frais sont pour moi.

Il se dirigea vers la porte, de nouveau très à l'aise, très grand patron.

— Fichue corvée que je vous demande là. Mais Nyété est très douce. Je suis sûr que vous n'aurez aucune difficulté.

Il chercha un dernier mot aimable, ne le trouva pas, me serra la main.

— A bientôt... *Hôtel du Remblai.*

Il démarra sans bruit et je fermai la grille. Un guépard !... Une sorte de jaguar, sans doute. Je n'avais pas peur, certes, mais je regrettais presque d'avoir promis à Vial.

— Tu peux servir, criai-je à Eliane, en grimpant à mon bureau.

Je feuilletai quelques bouquins et trouvai bientôt un court article :

Guépard : *carnassier du genre grand chat. Le guépard, appelé aussi : léopard chasseur et léopard à crinière, habite l'Asie méridionale et l'Afrique. Il ressemble à un énorme chat mais il est susceptible d'éducation comme le chien. Sa robe, d'un jaune fauve léger, est couverte de taches rondes et noires. Il mesure un mètre de long. Il possède la force, la souplesse et la puissante mâchoire des chats, mais il n'a pas leurs griffes aiguës ni leur caractère féroce ; son poil est frisé comme celui d'un chien. On l'appelle aussi : chetah.*

Je levai les yeux : tout au fond de la nuit, brillaient les feux de l'île ; décidément, je n'aimais pas Vial. Je vérifiai l'heure de la basse mer : six heures un quart. La matinée fichue. Je n'étais pas d'excellente humeur en m'asseyant près d'Eliane. Pourtant, je n'avais pas à craindre sa curiosité. Eliane ne m'interrogeait jamais.

J'écrivais plus haut, que je n'avais pas l'intention de

vous raconter notre vie. Mais il faut bien que je précise certains détails. Sinon, vous ne me croirez pas. Je sens que tous les détails comptent. J'aurais dû, par exemple, vous décrire notre maison. A la sortie de Beauvoir, se trouve la route du Gois. Elle se glisse entre les marais salants, tout en virages bizarres, un vrai chemin de montagne dans une plaine plate comme la main. Ça et là, poussées au hasard, il y a des fermes, des maisons blanchies à la chaux, des remises ou des granges dont les portes sont ornées d'une grande croix blanche. En Bretagne, on élève des christs aux carrefours. Ici, on peint des croix sur les portes. Pourquoi ne me suis-je pas installé à Beauvoir, qui est un bourg assez important ? C'est, je crois, parce que la puissante tristesse de cette campagne nue m'avait saisi au cœur. Les prétextes raisonnables ne m'avaient pas manqué, pour convaincre Eliane. Le clos Saint-Hilaire pouvait être racheté pour une bouchée de pain. Il était bien situé, un peu en retrait de la route ; il offrait des dépendances où, plus tard, j'installerais des chenils. Je ferais cultiver le jardin, boucher le puits, recrépir la façade... Eliane m'écoutait, avec son petit sourire indulgent de femme qui n'est pas dupe.

— Si tu en as tellement envie !... me dit-elle.

Oui, j'avais envie de cette maison ; elle était vaste, claire, commode. Il y avait une entrée, derrière, qui me permettait d'aller et venir sans déranger personne, sans salir. J'avais toute une aile pour moi seul et, de mon bureau, au premier, je découvrais, par une fenêtre, la mer à l'infini, et, par l'autre, la prairie à l'infini. Une mer jaune et verte ; une terre verte et jaune. J'étais là, suspendu, comme un matelot dans son nid de pie, et, de l'étendue, montait je ne sais quoi de grisant et d'un peu douloureux. Eliane ne m'aurait pas compris si j'avais essayé de lui dire ce que j'éprouvais. Je ne l'ai jamais clairement su moi-même. Ce que j'aimais, il me semble, c'était le côté inachevé de ce pays qui se dégageait lentement des eaux. Je participais à une sorte de genèse. Quelquefois, le matin, quand je traversais les champs sous le crachin d'ouest, quand j'apercevais, dans la brume, au bord des talus, des chevaux immobiles, le cou tendu vers la mer toute proche, j'avais l'impression d'être un homme du commencement des temps. Les bêtes s'approchaient de moi, à travers les herbages. Je les saluais, leur parlais au passage. La terre, la pluie, les bêtes, moi, c'était la même chose, la même argile primordiale où la vie, en rêvant, pétrissait des formes. Eliane se serait gentiment moquée de moi si je m'étais laissé aller à parler. Elle n'est pas sotte. Mais c'est une fille de l'Est; je voyais bien qu'elle était dépaysée. Déjà, mon métier ne lui plaisait pas trop. Si je l'avais écoutée, je me serais installé à Strasbourg et j'aurais soigné au prix fort des chats et des chiens. J'aurais été une sorte de médecin raté. Non. Je cherchais mieux. C'est pourquoi, le jour où j'avais lu, dans un journal syndical, qu'on demandait un vétérinaire à Beauvoir, je m'étais décidé d'un seul coup. La maison aussi, je l'avais achetée sur un coup de tête. Eliane s'était résignée. Comme je gagnais largement ma vie, j'avais entrepris un vaste programme de transformations : chauffage au mazout, cuisine moderne, télévision... Eliane pouvait presque se croire à Strasbourg. Presque... En réalité, elle se sentait exilée. J'avais beau lui conseiller de sortir.

— Pour aller où ? répondait-elle.

— Je ne veux pas que tu t'ennuies.

— Je ne m'ennuie pas.

Elle cultivait des fleurs, cousait, brodait, lisait, ou bien se forçait, pour m'être agréable, à faire une rapide promenade à bicyclette. Comme nous n'avions pas encore le téléphone — on nous le promettait depuis des mois et mes réclamations restaient sans effet — deux fois par semaine, je rapportais de Beauvoir nos provisions : viande, épicerie, légumes. Quand Eliane était fatiguée, une vieille femme qui habitait, en face de chez nous, une masure croulante, venait l'aider. Elle avait soixante-dix ans et tout le monde l'appelait : la mère Capitaine. C'était peut-être son vrai nom. Des amis, nous n'en avions guère. J'étais si peu souvent à la maison ! Je connaissais tout le monde, évidemment. Je bavardais à droite, à gauche. Il faut être « causant » dans mon métier. Mais je n'étais lié avec personne. Et là encore il ne m'est pas facile de dire pourquoi. Ce n'est pas que je sois ce qu'on appelle un homme renfermé. Au contraire, je suis plutôt sociable. Mais, très vite, les conversations, même les plus amicales, me lassent. Elles ne criblent que la paille des choses. La nature ici, enseigne, heure par heure, saison après saison, tout ce qu'il faut savoir. Les vents et la lumière, la terre et le ciel dialoguent sans fin. Comme dit la mère Capitaine : « La pluie me tient compagnie. » Je suis de la même race qu'elle. J'écoute passer la vie. C'est sans doute ce qui me donne ce visage un peu anxieux qui trompe si souvent les gens.

— Ça ne va pas, ce matin, monsieur Rauchelle ?

— Mais si, ça va très bien.

Derrière mon dos, je sais qu'ils murmurent : « Il en fait trop... Il ne tiendra pas... Déjà qu'il n'a pas une grosse santé!... » Je sais tout cela, et qu'ils font fausse route. Du moins, je pensais qu'ils faisaient fausse route. Maintenant, je m'interroge. Il aurait tellement mieux valu que je fusse comme eux, plein de ce bon sens qui s'arrête aux apparences!

Mais j'en reviens à Eliane. D'un accord tacite, nous ne parlions jamais de mon travail. Eliane, en retour, ne se plaignait jamais. Quand je rentrais, fourbu, je me changeais, mettais un costume propre, et passais dans l'autre aile de la maison où Eliane m'attendait. Je l'embrassais. Elle me caressait doucement la joue pour me montrer qu'elle était avec moi, qu'elle restait mon alliée, qu'elle partageait mes difficultés, et puis elle m'emmenait dans la salle à manger. La table était toujours fleurie et le menu agréable. Presque jamais de poisson. Eliane ne savait pas le préparer. Mais des viandes accommodées de vingt manières, des plats de chez elle qui m'engourdissaient. Je somnolais, ensuite, pendant qu'elle regardait la télévision.

J'aurais voulu parler, mais, de même qu'elle ne savait où aller, je ne savais que dire. Simplement, je trouvais bon d'être là et elle devinait que j'étais bien, ce qui créait un silence paisible, pénétrant, parfois un peu mélancolique. Peut-être le bonheur doit-il être ainsi teinté de je ne sais quel regret. J'essaye de noter ces impressions. Tout cela est important et tout cela me déchire, maintenant que c'est fini. Je nous revois quand nous allions nous coucher. La chambre était meublée avec beaucoup de charme. Elle avait été conçue par un décorateur de Nantes. Au début, elle me paraissait un peu trop jolie; elle faisait catalogue. Mais, petit à petit, elle s'était adaptée à nous, comme un vêtement. Je montais le réveil tandis qu'Eliane se coiffait pour la nuit. Quelquefois, je m'arrêtais au milieu d'un geste. Quoi ! J'avais trente ans et, déjà, je vivais comme un vieux. Mais non. Comme un soldat, plutôt. J'avais accepté une discipline ; je ne m'étais pas soumis à des habitudes. Et Eliane ?... Mais pourquoi l'aurais-je tourmentée de questions absurdes ? J'éteignais la lumière. Je ne fermais jamais les volets, sauf les soirs de grande tempête, quand les embruns volaient au-dessus des prairies. J'aimais voir, du lit, les étoiles et le reflet des phares, si prompt qu'il en devenait imaginaire. Et ensuite ?... Puisque j'ai entrepris de tout dire, je dois aborder ce point capital. L'amour, entendez l'amour physique, ne tenait pas une grande place dans notre existence. C'était un simple rite, d'ailleurs agréable. Eliane s'appliquait à cela comme à tout le reste. Elle estimait que le plaisir est comme l'expression du confort. Elle s'offrait à moi ponctuellement, sans délire. Et, sitôt apaisés, nous nous endormions vite, après un baiser sage. Ainsi se ressemblaient nos jours et nos nuits. Je travaillais beaucoup ; mon coffre s'emplissait de billets que je portais, chaque mois, à la banque. Je n'attachais pas beaucoup d'importance à l'argent. Je n'avais aucune ambition. Je ne vivais que pour mon métier. Là encore, je dois faire le point. Je n'étais pas un savant, loin de là. Mes études m'avaient souvent ennuyé. Mais j'avais, à un degré assez surprenant, *la main.* Il m'est difficile de vous expliquer ce que cela signifie. Vous avez entendu parler des sourciers ; ils ont le sens de l'eau ; ils la sentent dans leurs nerfs ; ils s'immobilisent au-dessus d'elle, comme l'aiguille sur le pôle magnétique. Moi, je possédais le toucher d'un guérisseur. Mes mains repéraient, d'instinct, l'organe malade et l'ani-

21

mal, aussitôt, s'abandonnait. Entre lui et moi s'opérait un échange, je ne sais pas mieux dire. Bien sûr, ce n'est pas clair, mais la vérité n'est pas toujours claire ; elle peut même paraître incroyable, vous le verrez. Ce qui est certain, c'est qu'auprès des bêtes j'entrais en communication avec ma vraie nature. Je sortais de ce flou, de cette brume où ma pensée aimait à s'engluer. Je me concentrais, je devenais extraordinairement attentif. Je me faisais chien, cheval ou bœuf. C'est dans ma chair que je sentais leur chair. Je les déchiffrais à travers moi et je me guérissais à travers eux. Il me semble que les musiciens, les vrais, doivent éprouver quelque chose de semblable, et c'est bouleversant. Il y a là une joie dont on n'est jamais rassasié. Les hommes, les femmes, j'ai de la peine à les comprendre, à cause de ce nuage de mots et de raisons dont ils s'entourent. Les animaux ne sont qu'amour et souffrance. J'étais le berger du canton, la bête instruite qui rendait la vie aux autres bêtes.

Ce langage est choquant mais je l'emploie, sans doute, pour la dernière fois. Je ne retournerai plus jamais au marais. Si j'ai ouvert cette longue parenthèse, c'est pour que vous entriez mieux dans les sentiments que j'éprouvais après le passage de Vial. Un guépard ! J'étais troublé, je l'avoue. J'avais peur d'échouer. Et si j'échouais, c'en était fini de mon assurance, de cette foi en moi-même qui infusait à mes animaux la vitalité grâce à laquelle, ensuite, les remèdes développaient leur pouvoir. Le mot de guépard résonnait en moi désagréablement. Il avait quelque chose de sournois, de venimeux. Je dînai rapidement et, avant de me coucher, j'allais noter sur mon bloc : M. H. J'aurais pu écrire : Myriam Heller.

Pourquoi ces deux initiales ? Pressentiment ? Je l'ignore. Je me souviens que je grognai à haute voix : « Il aurait pu me donner une adresse plus précise ! » Puis j'observai le ciel. Le temps était beau. Je disposerais de trois bonnes heures, largement plus qu'il ne me fallait pour effectuer, sans risque, l'aller-retour. Je m'excuse, encore une fois, d'introduire ici quelques éclaircissements indispensables. Mais qui n'a jamais vu le Gois ne peut suivre ce récit. Et je doute que vous soyez venu vous perdre en ce coin de Vendée, qui est désolé l'hiver, et l'été, sans grâce. L'île de Noirmoutier se rattache au continent par une chaussée, longue de quatre kilomètres, que la mer recouvre à chaque marée. Mais cette chaussée ne ressemble à aucune autre. Elle serpente, comme une piste, à travers les sables, route en certains endroits et mauvais chemin, toujours mouillé, en certains autres. On l'appelle : le Gois. Des piquets, de distance en distance, la jalonnent et marquent son tracé, quand elle est submergée. Elle n'est praticable que pendant un peu plus de trois heures, à marée basse. Dès que le vent de suroît pousse le flot dans le goulet de Fromentine, il faut se méfier : la mer revient très vite et, comme les voitures ne peuvent rouler qu'au pas, le voyageur imprudent risque d'être surpris au milieu du gué. Il n'a plus qu'une ressource : abandonner sa voiture et courir vers le refuge le plus proche. Il y a trois refuges. Ce sont des balises à cage, sortes de plates-formes, ceinturées d'un garde-fou, qui s'élèvent à plus de six mètres ; elles sont plantées, comme des gibets, dans des socles coniques. A marée haute, il y a plus de trois mètres d'eau sur le Gois. Et ce que je n'avais pas dit à Vial, c'est que le Gois m'inspirait une sorte de frayeur.

J'étais bien obligé de l'emprunter, car j'avais quelques clients dans l'île, mais je traversais toujours à contre-cœur. Les accidents étaient d'ailleurs assez fréquents, malgré les tableaux affichant les heures de basse mer, à chaque extrémité du passage.

Dès six heures, je me mis en route, à bord de ma 2 CV. J'emportais, outre ma trousse, une petite valise contenant tout un assortiment de remèdes. Le Gois, en cette saison, était désert. Noirmoutier n'était qu'un trait violet, à l'horizon. La mer se devinait, tout au bout des vases, à des vols de mouettes. J'entends encore, perdu dans la distance, quelque part vers l'îlot des Piliers, le mugissement grave d'un vapeur cherchant l'entrée de la Loire. Ce n'était pas tout à fait un matin comme les autres. J'étais un peu anxieux. Pourtant, je me sentais sûr de moi et plutôt joyeux, à cause de l'air vif, et de cet immense espace solennel au centre duquel j'avançais comme à tâtons, parmi les fondrières. Les lampes des balises se fanaient dans la lumière de l'aube. J'évitais de mon mieux les trous et les projections d'eau salée sur le moteur ; pour moi, une mécanique est une chose vivante que je soigne méticuleusement. Parfois, la vaillante petite voiture trouvait un sol propice et je lui rendais la main. Je me rangeai vers le milieu, pour laisser passer le car de Nantes, traînant sa remorque bringuebalante. Mil-sant, le chauffeur, me fit bonjour de la main. Puis la route se releva et j'abordai l'île. Du Bois Gaudin à Noirmoutier, il n'y a même pas quinze kilomètres. Je les parcourus sans me presser. Tout le monde dormait encore à La Guérinière et je m'aperçus brusquement que j'allais arriver trop tôt chez Myriam. C'est pour-quoi je m'arrêtai sur le port, à Noirmoutier, et je bus un café dans un bistrot où discutaient des pêcheurs, tête contre tête. « Puisque le guépard est semblable à un grand chat, pensais-je, ce qui vaut pour un chat vaut pour lui... Ce n'est pas parce que cette bête est née en Afrique... » Mais je me souvins des cours de notre professeur de biologie. Il prétendait que le terroir exerce une influence profonde sur les animaux, comme sur les humains. « N'oubliez jamais, messieurs, concluait-il. L'habitat... Tout est là ! »

Je regardai l'heure, et sortis. J'étais de nouveau préoccupé, mal à mon aise. J'avais hâte de repartir. Le Bois de la Chaise est ce qui reste d'une vaste forêt de pins qui devait couvrir, autrefois, tout le nord de l'île. Les plus belles villas ont été construites dans ce bois, au bord de la baie de Bourgneuf, à l'abri des vents du large. Mais il y a des dizaines et des dizaines de propriétés. Il n'allait peut-être pas être facile de situer celle de Myriam Heller. J'entrai dans une épicerie. Mme Heller ? On me considéra avec méfiance. Non, jamais on n'avait entendu parler de cette dame. A la boulangerie, je n'eus pas plus de chance.

— Elle peint, dites-vous ?... Comment est-elle ?

— Je ne sais pas. Je ne l'ai jamais vue.

C'est alors que j'eus l'idée de m'adresser au boucher.

— Ah ! la bonne femme à la panthère ! s'écria-t-il. Villa Maud... Mais voyons, vous êtes bien le vétérinaire de Beauvoir ?

— Oui.

— Je me disais aussi... Je vous ai rencontré, une fois, chez les Mazeau.

— Parfaitement.

Je le laissai venir, sachant bien qu'il serait plus loquace que Vial.

— C'est une bonne pratique, dit-il. Elle n'est pas regardante. Faut même qu'elle soit fortunée parce qu'une bête comme ça, c'est fou ce que ça mange.

— C'est un guépard, rectifiai-je. Pas une panthère.

— Oh! pour moi, y a pas de différence. Je lui foutrais un coup de fusil tout pareil. Ou bien je la donnerais à une ménagerie... Mais avoir ça chez soi! Elle est cinglée, cette bonne femme.

Et, comme je souriais, il m'attira par le revers de ma canadienne et baissa la voix, bien que la boutique fût vide.

— Sérieusement, murmura-t-il, elle est cinglée. Voilà une femme, dans la journée, vous ne la voyez jamais. Elle ne sort que la nuit, et vous trouvez ça naturel?

— C'est une artiste. Il faut être indulgent. Elle peint.

— Elle peint! Elle peint! Est-ce que c'est une raison?... Pensez qu'elle me paye par chèque, au lieu de venir, comme tout le monde. Pour qui est-ce qu'elle se prend, hein? On n'est pas des sauvages, tout de même... Et attendez... je ne vous ai pas dit le plus beau...

Une vieille femme entra dans le magasin. Le boucher me lâcha.

— Repassez tout à l'heure. On ira trinquer.

— Mais, la villa Maud?

— Vous irez jusqu'à la douane, et vous suivrez la grande allée, à gauche. C'est la dernière villa.

Tout en marchant, je commençais déjà à imaginer Myriam. C'était la première fois que je m'appliquais à évoquer sa silhouette, son visage. Elle était jeune, sans doute, un peu excentrique, semblable à ces jeunes femmes qui traversaient Beauvoir à toute allure, l'été. D'avance, elle me déplaisait. Et puis j'étais sûr qu'elle avait été la maîtresse de Vial. Et, après tout, qu'est-ce que cela pouvait bien me faire !

Je découvris rapidement la villa Maud. C'était une maison à un étage, de style 1900, avec des ornements de bois festonnés. Elle paraissait un peu délabrée. Tous les volets étaient fermés. Je poussai la barrière et j'entrai dans le jardin. C'était d'ailleurs moins un jardin qu'un morceau de lande rocailleux, où poussaient quelques pins magnifiques. Il y avait un perron de trois marches. Je cherchai une sonnette. Pas de sonnette. Je frappai donc, discrètement. Aucun bruit. Myriam et son guépard dormaient. Je fis le tour de la villa et découvris la mer, à travers les pins. De ce côté-là, un balcon de bois courait le long de la façade ; il était très large. On y avait laissé une chaise longue près d'un guéridon. Le vent feuilletait doucement un livre ouvert oublié sur la table. Je revins au perron et j'appelai.

— Quelqu'un ?

Au moment où j'allais redescendre, la porte s'ouvrit brusquement et je vis une négresse.

2

Elle avait une cinquantaine d'années. Elle était courte et empâtée, avec une face de carlin et des yeux humides et doux. Non! Ce n'était pas possible!... J'étais sans voix. Enfin, je bredouillai :

— Excusez-moi... Je viens de la part du Dr Vial.

— Entrez. Je vais prévenir Madame.

Evidemment, j'aurais dû penser que Myriam avait une servante. Mais quand je pénétrai dans le salon, j'étais encore tout secoué par la surprise et je compris alors à quel point cette visite m'inquiétait, me jetait hors de mes habitudes. Depuis la veille, elle avait été, plus ou moins consciemment, au centre de mes préoccupations. Et pas seulement à cause du guépard... Il me semblait que ma sécurité était menacée. Tout cela très vague, très fugitif. J'ai tendance, maintenant, à forcer le trait; c'est inévitable! Mais déjà, comment dire, je me gardais. C'est pourquoi j'observai avec méfiance la pièce où je venais d'entrer. Elle n'offrait rien de bien remarquable. C'était un salon d'autrefois, humide et sombre, pas très propre. Il y avait un piano droit, fermé, le long du mur, et, au-dessus, la photographie en pied d'un homme barbu habillé en artilleur. Sur la table, trois boules de mimosa desséchées. Le plancher craquait. Je n'osais pas, par discrétion, me déplacer. J'entendais, au-dessus de moi, un murmure de voix. Je me baissai et ramassai, sous une chaise, une petite touffe de poils roux. Nyété avait rôdé par là. Les poils étaient longs, rêches, blancs à la racine ; sans doute des poils de la cuisse. Je regardai l'heure : huit heures moins dix. Elles ne se doutaient pas, là-haut, que j'étais pressé. A ce moment, l'escalier gémit et je sus que c'était elle. Mais quand elle entra, j'éprouvai une nouvelle surprise : j'avais devant moi une femme grande et mince, enveloppée dans une robe de chambre couleur prune. Et ce qui me frappa, ce fut sa distinction froide. Je m'étais attendu, sans raison, à trouver un être frivole et futile ; j'étais en présence d'une dame. Je mesure ce que le mot peut avoir d'excessif et de naïf. Mais il rend exactement mon impression première. Et comme je suis timide, je me montrai tout de suite plus lourd, plus rustique, plus bougon que nature. Je la saluai d'un rapide signe de tête.

— Rauchelle, dis-je. Vétérinaire à Beauvoir. C'est le Dr Vial qui m'envoie...

Elle sourit et ce fut une autre Myriam, soudain simple, aimable, « jeune fille ». Elle avait certainement une quarantaine d'années mais, quand elle souriait ainsi, elle devenait instantanément une grande camarade de jeu. Elle me tendit la main, sans façon. Ses yeux gris brillaient d'intérêt, d'attention, de cordialité.

— Et vous avez fait tout ce chemin, dit-elle. Philippe est ridicule. Je suis navrée qu'il vous ait dérangé pour rien. Nyété a le mal du pays. Ça lui passera...

Je sentis tout de suite, à une ombre, dans sa voix, qu'elle aussi avait le mal du pays, un mal inguérissable.

— Venez, reprit-elle. Je vais vous la montrer, puisque vous êtes là... Excusez-moi... Tout est en désordre...

Je la suivis dans l'escalier. Elle montait souplement, la tête à demi tournée vers moi.

— J'aimerais mieux que vous ne la touchiez pas. Elle n'est pas dans ses bons jours. Moi-même, je fais attention.

— J'ai l'habitude, dis-je, bêtement.

J'étais de plus en plus gêné, de plus en plus gauche, et je haïssais Vial... Philippe. L'homme qu'elle appelait Philippe... J'aime mieux noter maintenant ce détail. Il n'est pas beau. Mais surtout il est insolite. Je crois bien que j'étais jaloux pour la première fois, d'une jalousie d'adolescent, de gosse. Et cela je l'ai su immédiatement. Je ne me suis pas trompé une seconde sur la nature de ce sentiment, si bien que j'avais l'air furieux, en entrant dans sa chambre. La bête dormait au creux du lit défait, allongée sur le flanc. Quand elle me vit, elle resta immobile mais ses yeux se mirent à brûler, sous les paupières mi-closes.

— Doucement, chuchota Myriam.

Elle s'assit au bord du lit. Alors, le guépard s'aplatit, rampa vers sa maîtresse, les oreilles couchées, un fil de regard me surveillant en coin. Myriam caressa la tête plate, marquée de trois traits bruns entre les oreilles.

— Belle... Belle... murmurait Myriam.

Je ne voyais plus que l'animal. Tout le reste était oublié. C'est très curieux, ce changement si brusque que je n'ai jamais pu le saisir sur le vif. C'est après, que je le perçois, quand j'essaie de m'étudier à froid. Il n'y avait plus de Rauchelle, mais un être très primitif, habitué à imposer sa volonté. Pourtant, d'habitude, je suis plutôt hésitant et toujours partagé entre le pour et le contre. Je m'avançai, de mon pas d'homme, et me penchai au-dessus de Nyété qui renversa légèrement la tête, prête à jeter sa patte en avant.

— Ecartez-vous, dis-je à Myriam.

— Vous allez vous faire mordre, répondit-elle d'une voix angoissée.

— Allez-vous-en !

Je sentais maintenant le guépard comme s'il était sorti de mon ventre. Nous ne nous lâchions plus des yeux. Je devinais la frayeur qui courait sous sa peau, en vagues pressées. Le flanc haletait, très vite. Les prunelles viraient au vert, puis au jaune, parcourues d'impalpables fumées, de phosphorescences troubles qui marquaient la colère, la peur, le doute, la surprise et, de nouveau la colère. Je respirais l'odeur de la bête, et je savais qu'elle était malade, parce qu'elle ne sentait pas la terre, le foin chaud, mais la viande blessée, le viscère. Ma main s'ouvrit, en l'air, et le guépard cessa de vivre. Mais sa lèvre trembla et découvrit une dent, aiguë comme une griffe. Derrière moi, des pieds glissèrent sur le parquet... La négresse qui venait voir... Je percevais aussi la peur des deux femmes et je leur dis de se retirer au fond de la chambre. Il y avait, entre elles et le guépard, quelque chose comme un lien psychique ; leur effroi se communiquait à l'animal et augmentait sa panique. Quand il cessa de les voir, le lien se rompit. Il ne dépendait plus que de moi et je sentis qu'il s'apaisait.

— Nyété... dis-je.

La bête tressaillit. Cette voix masculine, jamais entendue, l'inquiétait et pourtant ne lui déplaisait pas.

— Nyété... petite fille...

Les muscles mollirent : la longue queue battit les draps puis se rangea le long du ventre, la pointe encore dressée et vibrante. J'agitai les doigts et grondai doucement, du fond de la gorge. Alors Nyété se laissa aller sur le côté et un ronronnement enroué sembla sortir de dessous elle. J'attendis encore un peu, connaissant les réflexes foudroyants des félins. Puis, très lentement, j'abaissai ma main. Nyété la sentait venir et elle en éprouvait une volupté puissante qui lui faisait entrouvrir la bouche. Elle donna un petit coup de reins, pour mieux offrir son flanc, tacheté de noir comme une peau de python.

— Petite fille...

Mes doigts effleurèrent sa nuque et Nyété eut un spasme de plaisir. Elle fermait les yeux, la langue entre les dents. Elle était à moi. Je commençai à la pétrir, franchement, les reins d'abord, puis le garrot. Elle se raidit des quatre pattes et lâcha un soupir heureux. Quand je lui parlais, ses paupières, cernées d'un trait roux qui se prolongeait vers les tempes, comme un fil de crayon gras, se relevaient avec effort, accablées de langueur, et un peu de prunelle, dorée comme une liqueur, apparaissait à la dérive. Je palpai, sous la lourde cuisse, la chair moite et grasse du ventre, si fine autour des boutons à peine dessinés des mamelles. Puis, du poing, je lui donnai deux ou trois petits coups sur la tête et me levai. Nyété rouvrit les yeux, déçue, bâilla, se lécha le nez. Je la grattai encore une fois, sous les oreilles.

— Bon, je vois, dis-je. Ce n'est pas grave.

Myriam et sa servante étaient encore bouleversées.

— Je me demande comment vous avez pu... commença Myriam... Elle n'est pourtant pas commode... Ronga, va faire du café. M. Rauchelle en boira bien une tasse.

J'étais assez fier de moi, je l'avoue. Je retirai ma canadienne, d'un mouvement très naturel, parce que j'étais sûr que je pouvais me le permettre. J'éprouvais l'impression bizarre d'être devenu le maître et je ne fus pas surpris quand Myriam m'offrit une cigarette. Bien plus, moi qui ne fume jamais, ce matin-là je fumai avec plaisir.

— Comment la nourrissez-vous? demandai-je. De la viande trois fois par jour?

— Oui. C'est ce que Philippe m'a recommandé.

— Le Dr Vial est probablement un bon médecin. Mais il n'entend rien aux animaux.

Et nous rîmes ensemble, déjà complices. Je voudrais vous rendre sensible ce qui était encore si obscur et pourtant si fort. De même que Nyété m'avait subi avec une sorte de sauvage élan amoureux, de même Myriam m'appartenait déjà. Elle oubliait qu'elle était à peine habillée; qu'elle n'était ni coiffée ni fardée. Nous bavardions familièrement, dans cette chambre où traînaient des vêtements féminins, aussi à l'aise, tout d'un coup, que si nous avions vécu ensemble depuis des années. Je découvrais ce que signifie l'intimité. La bête, la femme et moi, nous baignions dans la même chaleur, nous nous touchions avec nos regards et mes mains étaient là, entre nous, ces mains qui sentaient le fauve et l'amour. En bas, dans la cuisine, le moulin à café ronflait. J'avais envie de m'attarder, retenu par une douceur qui me poissait le cœur. Et je m'entendais dire, comme en rêve :

— Il lui faut des légumes, que vous écraserez avec du jus de viande... de la pâtée, en somme. Vous ne me croyez pas ?

— Oh, si. Mais cela m'amuse. De la soupe, à Nyété !

Elle pouffa dans ses longues mains nues, où ne brillait aucune alliance.

— Tu entends, Nyété ? reprit-elle. Tu seras bien sage ? Tu m'obéiras comme au monsieur. Mais vous reviendrez, n'est-ce pas ?

Il y avait des rides très fines, au coin de ses yeux et, parce que ses cheveux étaient teints en blanc, une sorte de tristesse reprenait possession de ses traits, dès qu'elle ne souriait plus.

— Bien sûr, que je reviendrai.

— Là-bas, dit Myriam, je l'aurais tout de suite guérie. Les indigènes connaissent des remèdes extraordinaires... mais oui, je vous assure.

— Les paysans du marais aussi. Ça n'empêche pas les bêtes de mourir.

— Vous êtes sceptique ?

— Je demande à voir. Pour le moment, contentons-nous d'un traitement classique. J'ai tout ce qu'il faut dans ma voiture.

Et toujours, sous la banalité des propos, courait le même enjouement, la même complaisance ambiguë.

— Le café est prêt, cria Ronga.

— Descendons, proposa Myriam.

— Savez-vous, dis-je, que j'ai eu un choc, tout à l'heure. Le Dr Vial ne m'avait pas parlé de votre servante. Alors, quand elle m'a ouvert la porte...

— Vous avez cru que c'était moi !

Elle éclata de rire, chercha un mouchoir pour s'essuyer les yeux.

— Ce que c'est drôle, mon dieu, ce que c'est drôle... Remarquez que je suis une véritable Africaine. Je suis née à Mayoumba et je parle couramment les dialectes du Cameroun.

Nous étions sur le seuil. Elle me retint par le poignet.

— Ronga est une fille de chef, murmura-t-elle. Ne vous y trompez pas. De nous deux, c'est sans doute moi qui suis la plus noire. Vous n'êtes jamais allé en Afrique ?

— Jamais.

— C'est dommage ! On étouffe, ailleurs !

Nous descendîmes et Myriam me fit entrer dans ce qu'elle appela : le living. C'était une immense pièce où régnait un désordre qui me choqua, d'abord. Il y avait des toiles partout, sur les chaises, sur les tables, le long des murs. Le plancher était souillé de taches. Des palettes traînaient, maculées. Un chevalet se dressait, entre les deux fenêtres. Il supportait une ébauche splendide : un buste de négresse, aux seins hardis, au visage d'une sensualité lourde, gras de lumière.

— C'est Ronga, me prévint Myriam. Elle me sert de modèle. Je ne cherche pas la ressemblance, naturellement. Mais, quand je la peins, je me souviens... Alors, je suis là-bas.

Elle ferma les yeux à demi et sa tête étroite ressembla, le temps d'un éclair, à celle du guépard. Je ne me lassais pas de la regarder.

— Asseyez-vous, reprit-elle.

Puis, découvrant que les chaises étaient encombrées,

elle balaya les toiles d'un revers de bras, débarrassa une table et appela Ronga.

— La peinture n'est pas mon affaire, dis-je, mais il me semble que vous avez beaucoup de talent.

Je me mis à fouiller, parmi les tableaux. Myriam me suivait, une tasse à la main, soufflant doucement sur son café qui était trop chaud. Je voyais les arbres de là-bas, les fleurs de là-bas, l'océan de là-bas, en couleurs crues, épaisses, où dominaient les ocres.

— Ça vous plaît ?

J'inclinai la tête, mais, en vérité, je ne savais pas si cela me plaisait. J'étais trop habitué aux nuances changeantes de mon pays de boue et d'herbe. Cependant, la violence de ces toiles réchauffait en moi une sorte de besoin de soleil et de chaleur.

— Si j'osais..., dis-je.

— Eh bien, osez !

— Je vous demanderais de m'en offrir une.

— Choisissez... celle que vous voudrez.

Je ne me reconnaissais pas, et j'avais l'impression qu'elle-même avait répondu trop vite, avec un empressement trop joyeux. Pris au mot, je n'arrivais plus à me décider. J'avisai un tableau de format réduit, encadré d'une simple baguette noire.

— Celui-là.

Imaginez une colline tranchée à la verticale, comme un gâteau. En haut, sur l'extrême bord, quelques arbres, d'un vert ardent ; puis la ligne brune de la terre et enfin la paroi presque rouge du rocher. Tout en bas, des rails rouillés, des wagonnets renversés, de la ferraille morte. Une carrière. Le tout traité en un dessin sommaire, un peu hagard, qui laissait à la peinture son éclat inspiré. J'avais élevé le tableau à bras tendus. Je me retournai. Ronga sortait, presque sur la pointe des pieds. Quant à Myriam, elle avait posé sa tasse et frottait ses mains à plat, l'une sur l'autre. Elle ne souriait plus.

— Non, murmura-t-elle. Pas celui-là.

Le sang me sauta aux joues. J'étais déjà humilié. Je faillis lui dire que je pouvais le payer. Myriam m'enleva le tableau, très doucement, le reposa à terre, face au mur.

— J'aurais dû le détruire, expliqua-t-elle. Il me rappelle de mauvais souvenirs... Tenez... En voici un qui est meilleur... Ma période française. La bonne, j'espère.

C'était son portrait. Elle était sur une chaise longue, la tête un peu renversée, un livre tombé au creux des genoux. Le soleil, jouant à travers d'invisibles feuillages, faisait pleuvoir des taches de cuivre. J'étais consterné. Ce tableau n'avait chez moi aucune place. Pourtant, je remerciai Myriam et, pour cacher mon embarras, lui rappelai que j'étais en retard et qu'une lourde journée m'attendait. Je bus mon café. Nous parlâmes encore quelques instants de mon métier, de ses difficultés. Elle m'accompagna jusqu'à la voiture et je lui donnai des remèdes pour Nyété. Elle les mit dans la poche de sa robe de chambre avec tant d'insouciance que je crus bon d'insister. Il ne fallait pas prendre à la légère les malaises du guépard.

— Puisque vous êtes là, dit-elle.

— Oui, mais il y a le Gois !

Nous nous serrâmes la main et je démarrai. Le Gois ! Je n'avais garde de l'oublier et je roulai le plus vite possible, comptant déjà les minutes. Si j'étais obligé de rester dans l'île, tous mes clients téléphoneraient à la maison (car, depuis une quinzaine, nous l'avions enfin, ce téléphone!) et Eliane s'affolerait. A mesure que je m'éloignais de Myriam, je rentrais en quelque sorte dans mon personnage. Je ne vais pas jusqu'à dire que je me jugeais. Mais j'avais l'habitude de me traiter sans ménagement, comme le font, je crois, tous les timides. Je n'avais rien à me reprocher, certes. Du moins, pas encore. Cependant, je ne pouvais nier l'attirance que cette femme venait d'exercer sur moi. A cause d'elle, un autre homme, un étranger, s'était révélé à moi. Un étranger que je n'aimais pas. Je regardai le portrait de Myriam, couché à plat, sur le siège. Qu'est-ce que j'allais faire de cette toile? Myriam chez moi. Non. Cela me semblait impossible.

J'arrivais au Gois. Un coup d'œil à ma montre. La mer remontait, mais il n'y avait pas de vent. Je disposais encore d'un bon quart d'heure. Je m'engageai sur la chaussée. J'étais extraordinairement heureux de rentrer chez moi. Là-bas, c'était ma côte et ma maison. Je voyais, comme suspendus au fond de l'espace nacré, les taches pâles des fermes et les points sombres des bêtes dans les pâtures. Alors, à mi-course, tout seul sur cette mince langue de terre que la mer commençait à battre des deux côtés, je m'arrêtai, je descendis. Le silence sembla fondre sur moi. Le silence des grands espaces, gonflé de souffles. Je saisis le tableau. Je m'approchai des premières vagues plates qui glissaient une à une sur le sable, sans bruit, et, de toutes mes forces, je le lançai au loin. Il fila comme un palet, tomba sur la tranche, s'enfonça, rebondit et flotta, insolite, déjà perdu. Je me sentais dans mon droit et ma vérité, et repartis sans tourner la tête.

L'eau affleurait la route quand j'abordai le plan incliné menant au rivage, mais je n'avais pas eu peur. Au contraire, je trouvai bon que la mer se refermât derrière moi, effaçât mes traces. Je n'étais pas allé au Bois de la Chaise. Je n'y retournerais pas. J'étais sans doute ridicule et en train de m'embrouiller dans de puériles contradictions, mais je m'en amusais plutôt. J'avais conscience d'être limpide, à nouveau, ou, si le mot prête à sourire, étale, comme ces étangs du marais qui reflètent le vide. Je sifflotais en traversant le jardin, et Tom accourut. C'est un grand épagneul breton, aux yeux d'enfant, un chien qui vous aime d'amour et tremble de vous perdre quand vous fermez la grille. Il se jeta sur moi avec un râle de bonheur et, aussitôt, recula, voûté, l'arrière-train fléchi, la queue basse.

— Eh bien, grand idiot, qu'est-ce que tu as?

Mais il se retirait à reculons devant moi, et il grondait, épouvanté. Je compris soudain. Le guépard! J'avais touché le guépard. Je sentais le guépard. J'avais beau faire, j'étais allé là-bas. D'un geste furieux, je chassai Tom qui s'enfuit en gémissant et je me précipitai dans mon bureau. Là, sans plus réfléchir, je me changeai de vêtements et me passai les mains à l'alcool. Je devais chasser de moi cette odeur. Elle n'avait pas sa place ici. Pas plus que le portrait de Myriam. Je ne sais comment, je voyais en Tom un témoin. Devant lui, j'étais coupable. Il ne me reconnaissait plus. Je puais l'alcool et ouvris la fenêtre. A l'horizon, l'île, sous la lumière montante, avait pris du relief et semblait toute proche.

Mon travail, ce jour-là, ne parvint pas à m'absorber totalement. Et plus j'étais distrait, plus j'étais inefficace, ce que je ne me pardonnais pas. Des décisions, encore très confuses, prenaient corps en moi. Vous invoquerez l'inconscient, etc. Non. J'ai eu tout le temps de réfléchir à ces choses. Elles sont horriblement complexes et la médecine est loin de pouvoir les expliquer. Par exemple, il y eut un moment, dans l'après-midi, où, brusquement, j'eus besoin de parler à Vial. Ce fut si fort que je faillis tout lâcher pour partir aux Sables et, vers six heures, n'en pouvant plus, je téléphonai à Eliane pour la prévenir que je rentrerais tard. Il me restait à visiter une ferme. Je remis, comme une corvée, cette visite au lendemain. Sur la route, je poussai ma voiture au maximum. Mais, à partir de maintenant, je veux exposer seulement les faits. Ils se passent trop bien de commentaires.

Vial buvait un whisky au bar de l'hôtel. Il portait un pantalon de flanelle et un pull-over, et cela suffisait à nous placer sur un certain pied d'égalité. Il ne fut pas surpris de me voir et commanda un autre whisky, sans prendre garde à mes protestations.

— Alors, vous avez vu la bête ? Qu'est-ce qu'elle a ?

— Pas grand-chose. Le foie qui fait des siennes, et peut-être aussi les nerfs.

Vial, les mains croisées derrière la nuque, un pied sur une chaise, souriait.

— Comme une jolie femme, dit-il. C'est, d'ailleurs, une espèce de femme. Elle comprend tout. Je suis sûr que si elle se sentait installée vraiment chez elle, elle ne serait plus malade. Mais avec Myriam, on campe. Il y a toujours des malles ouvertes dans tous les coins. Là-bas, c'était la même chose. Pourtant, si vous aviez vu cette maison !... Un petit palais ! Son mari dirigeait une grosse entreprise de travaux publics, alors...

Vial avait certainement bu et je l'avais cueilli à

40

l'heure des confidences. Peut-être n'étais-je venu que pour cela !

— Il était riche ? demandai-je.

La question amusa Vial. Il me regarda avec une ironie un peu méchante.

— Vous savez, le mot, là-bas, ne signifie pas la même chose qu'ici. L'argent vient, s'en va... Pourvu qu'il donne, au passage, du plaisir, de la puissance... Heller gagnait ce qu'il voulait. Quand il est mort, il ne possédait pratiquement rien.

— Vous ne voulez pas dire que Myriam l'a ruiné ?

— Vous êtes merveilleux, fit Vial.

— Comment ?

— Justement si. Elle l'a ruiné. Mais pas au sens où vous l'entendez. Elle l'a ruiné, là.

Il approcha de sa tempe un index braqué comme le canon d'une arme.

— A la fin, Heller ne tournait plus rond.

— Pourquoi ? dis-je.

— Vous avez vu Myriam, non ?... Mon cher, nous ne sommes pas bégueules, à la colonie, je vous prie de le croire. Mais Myriam a réussi à nous étonner... à nous scandaliser, si vous préférez. Je dis nous... Enfin, certains.

— A cause de sa conduite ?

De nouveau, le coup d'œil rapide, moqueur et dur.

— Je dirais plutôt son comportement, corrigea-t-il. Evidemment, elle avait des aventures. Il y en eut qui se terminèrent mal, du point de vue de la morale courante... des gens qui se brouillèrent, qui divorcèrent. Mais cela n'est rien. Myriam n'aurait pas dû franchir la limite.

— Quelle limite ?

Vial mira son verre de whisky.

— Je ne sais pas si vous pouvez réaliser. On écrit en ce moment tant d'inepties sur les Noirs et les Blancs !... Disons, pour simplifier, que les Noirs viennent vers nous, se servent de nos manières de penser... Myriam, elle, a voulu faire le chemin inverse. Il y a des Blancs qui l'ont fait, des pauvres types... Mais qu'une femme comme elle, avec tous ses dons, ait cherché à... Cela pose un problème.

— Pourquoi a-t-elle été obligée de partir ?

— A cause de la mort de son mari. Ou plutôt des circonstances de cette mort. Oui, Heller s'est tué accidentellement. Il est tombé dans une carrière abandonnée. Curieux, hein ?... Il n'empruntait jamais plus ce chemin et pourtant, ce soir-là...

— Il s'est suicidé ?

— Pour moi, il n'y a pas de doute. Mais pour les autres...

Vial commençait à m'exaspérer, avec ses réticences.

— Qu'est-ce que les autres ont cru ?

— S'ils l'avaient su eux-mêmes ! Un fait est certain : Heller avait joué, au club, jusqu'à huit heures. Il avait gagné. Il paraissait plus détendu qu'à l'ordinaire. Il n'avait pas du tout l'allure de quelqu'un qui songe à se tuer... D'autre part, personne n'ignorait les graves dissentiments qui séparaient les Heller.

— On a soupçonné Myriam ?

— Pas comme vous le croyez. Myriam était chez elle, à l'heure où son mari tombait dans la carrière... Mais on l'a soupçonnée quand même, parce que, quelques semaines auparavant, Myriam avait peint cette même carrière.

— Il n'y a pas de rapport.

42

— Pour vous, non. Pour moi non plus. Mais là-bas, c'est encore le Moyen Age. Un Moyen Age technique, mais un Moyen Age quand même. Beaucoup de Blancs se méfient des Noirs précisément parce qu'ils sentent que les Noirs ont des pouvoirs...

— C'est idiot.

— Oui et non. Il faut avoir vécu en Afrique.

— Mais vous ?

— Oh, moi ! Je reste un observateur. Ce ne sont pas les croyances qui m'intéressent, mais les individus. Myriam est une personnalité fascinante.

— Vous la connaissez... bien ?

Vial me regarda, par-dessus son verre, et je me hâtai de boire.

— Assez bien, oui. J'étais leur ami à tous deux. C'est moi qui ai conseillé à Myriam de partir. Ne vous méprenez pas. J'ai voulu faire une expérience. C'est moi aussi qui ai décidé Ronga à l'accompagner. Au début, Ronga refusait. Elle était très attachée à Heller.

— Elle croyait que sa maîtresse était coupable ?

— Sûrement. Mais vous dire si elle la croyait coupable au sens magique ou au sens moral, j'en suis incapable.

— Et ça ne l'a pas empêchée de...

— Ronga sait que Myriam a besoin d'elle. Et puis, Myriam est une femme à qui l'on pardonne tout. Vous verrez !

— J'en doute.

— Oh ! que si. Tenez.

Il tira de son portefeuille une carte de visite qu'il me tendit.

— Soyez assez aimable pour m'écrire, de temps en temps. Juste un petit mot. Soignez Nyété et voyez comment les choses marchent. C'est un service que je vous demande, de confrère à confrère... N'oubliez pas que je tente une expérience... Je vous expliquerai, n'ayez pas peur... Et pendant que j'y suis, je vais vous faire un chèque.

Je refusai tout net. Il insista. Je me levai.

— C'est bon, dit-il. Merci.

Il me serra la main avec une certaine chaleur et sortit avec moi.

— Je prends l'avion mardi prochain. J'ai été heureux de vous rencontrer, Rauchelle.

Ce fut tout. Je revins à Beauvoir, extrêmement troublé, et toutes sortes de questions se pressaient en moi, que j'avais oublié de poser à Vial. A table, je restai muet.

— Tu n'es pas souffrant? demanda Eliane, tout de suite inquiète.

— Mais non. Qu'est-ce que tu vas chercher!

Ce fut deux jours plus tard que Myriam devint ma maîtresse.

3

Je passe sur le début de notre liaison ; je me souviens mal de cette période. J'étais trop heureux. Etait-ce du bonheur ? A vrai dire, je n'en sais rien. Plutôt une immense, une débordante exaltation, une sorte de torrentiel printemps, d'autant plus sauvage qu'il fallait le contenir, l'étouffer, en cacher les fleurs et les parfums. Car, je l'affirme sur l'honneur — s'il m'est encore permis de parler d'honneur — même dans les pires moments d'oubli, je n'ai jamais cessé d'aimer Eliane. Je ne suis certes pas un grand psychologue. Mais enfin j'ai vu, autour de moi, des couples se défaire. Je ne pensais pas qu'un homme pût aimer deux femmes en même temps, avec la même sincérité, bien plus, avec la même bonne foi. C'est pourquoi je me trouvai plongé, subitement, dans le désordre le plus douloureux. J'ai déjà fait allusion au Gois. Il a joué, dans mon aventure, un rôle extraordinaire. S'il n'avait pas existé, je crois que je n'aurais jamais su être cet homme double, prudent et passionné, torturé de remords et de désir, et frôlant le suicide à chaque passage. Le Gois, c'était la tentation de la mort autant que celle du bonheur. J'étais tellement pressé de revoir

Myriam que je suivais le flot s'éloignant du rivage ; parfois, je roulais dans l'eau, et puis j'étais obligé d'attendre, moteur au ralenti. Je voyais des troupes de poissons minuscules qui traversaient le chemin. J'avançais encore un peu. Les algues vivantes se collaient à la pierre, ruisselaient et fumaient doucement dans le matin. J'écrasais les boules de varech et les crabes perdus. J'avais l'impression de flotter sur la mer, d'être seul au monde avec mon amour. Et j'atteignais la frontière. Car moi aussi, comme Myriam, je franchissais une frontière. Elle se situait au milieu du Gois, entre les deux balises à feu blanc. C'était un lieu secret qu'aucun repère n'indiquait. En vérité, cette frontière, je la franchissais dans mon cœur. Je cessais d'être Rauchelle. Je devenais celui que Myriam aimait. Je roulais un peu plus vite. L'eau giclait. J'étais attentif à ne pas quitter la piste qui forme, en cet endroit, un coude assez brusque. Moi si calme, si patient, j'aurais injurié la mer si la décrue avait tardé davantage à m'ouvrir ce sentier noirâtre, luisant et cahoteux qui menait à l'île, à ma joie. Joie précaire, menacée par les nuages, les vents et les marées. A aucun prix, je ne devais me laisser surprendre par le flux. Si j'avais passé douze heures dans l'île, j'aurais été condamné, ensuite, à chercher des explications, à mentir, à donner l'alarme à Eliane. Je n'y pouvais consentir. Ma faute me semblait plus légère dans la mesure où mon bonheur était d'avance grignoté par le temps ; je regardais Myriam et je surveillais le ciel. J'embrassais Myriam et, par-dessus son épaule, vite, je lançais un coup d'œil à ma montre. Je sentais dans ma chair le lent renversement des eaux, là-bas, sur les grèves où les pêcheurs se relevaient, se préparaient à revenir. J'attendais... j'attendais le dernier moment... le moment le plus cruel, celui où Myriam essayait ses pouvoirs. Et puis, je m'échappais à grand-peine et je rentrais, à toute vitesse, le long des routes sinueuses et fleuries de mimosa. Je dévalais vers l'océan, l'amertume de la trahison dans la bouche. L'eau m'entourait. Elle montait avec indolence, implacable. Déjà, les barques échouées reprenaient vie. La voiture se déhanchait, dansait, d'ornière en ornière. Je la poussais de toutes mes forces, souffrant avec elle. J'atteignais le milieu du Gois et, retrouvant l'autre univers, je retrouvais Rauchelle. Je commençais alors à détester cette vie folle et sans issue. J'avais envie de prendre Eliane dans mes bras. Je me jurais de ne plus aller dans l'île. Quelquefois, plus las que de coutume, je songeais à m'arrêter, à attendre le flot. Je souhaitais qu'une panne m'immobilisât. Qui me verrait? Je disparaîtrais dans ce désert, comme beaucoup d'autres avec moi. Les journaux relateraient l'accident, réclameraient une fois de plus la construction d'un pont et tout serait fini. Mais ces dangers, ces craintes, augmentaient finalement mon désir de vivre. J'écrasais la première vaguelette étalée sur le chemin, je changeais de vitesse et me laissais porter, délivré, jusqu'au sommet de la pente. J'étais chez moi. Je reconnaissais les étiers, bordés de tas de sel. Du fond du ciel, le marais venait à ma rencontre, et j'entendais bêler une brebis. Le mauvais rêve s'effaçait. Myriam s'éloignait. Je m'offrais au vent et il me semblait qu'il emportait loin de moi, comme les dernières étincelles d'un brandon, les effluves d'une passion que je condamnais solennellement, pour quelques heures. J'allais faire mes visites et, quand je rentrais, je montais tout de suite à mon bureau. Fermant sur moi la porte du petit cabinet de toilette attenant, je me lavais longuement pour chasser l'odeur du guépard. Ensuite, j'allais embrasser Eliane. Non, je n'étais pas hypocrite. J'aurais été extrêmement malheureux si je ne l'avais pas embrassée. Tom s'approchait de moi. Il m'inspectait, me reniflait, car il n'avait pas oublié l'odeur ennemie. Il plissait son front soucieux d'honnête chien qui cherche à comprendre et se tenait hors de portée de ma main. Il y avait toujours, entre nous, imperceptible, insaisissable, le fantôme de Nyété. Je craignais toujours que son attitude ne parût bizarre à Eliane. Elle disait quelquefois :

— Eh bien, tu ne reconnais plus ton maître ?

Je me sentais pâlir et je prenais l'engagement de ne pas retourner là-bas. Mais j'étais semblable à un drogué. J'oubliais Myriam ; je travaillais consciencieusement, de toute mon attention. Les jours s'écoulaient paisiblement. Et brusquement, n'importe où, une angoisse me tordait. Mes mains tremblaient. Une moiteur malsaine me mouillait les reins. L'état de manque ! Je manquais de Myriam. J'étais obligé de me redresser, de me frotter les yeux. Je me massais le creux de l'estomac, pour défaire ce nœud de nerfs et de muscles révoltés qui me tiraient vers la mer. Les animaux migrateurs doivent éprouver cela. J'étais vraiment aspiré. Il me fallait une longue minute pour me reprendre et puis, tout d'un coup, la main invisible se relâchait. Quand la crise survenait en plein travail, j'avais beaucoup de peine à la dissimuler. On m'offrait un coup de blanc, on plaisantait. Quand elle me surprenait sur la route, je devais lutter pour ne pas foncer vers le Gois, sauter dans une barque, que sais-je? Myriam! Comment me tenait-elle donc? Par la chair? C'était beaucoup moins simple que cela. Oui, bien sûr, j'avais découvert, grâce à elle, des émotions admirables. Mais je ne suis pas un homme de désir. Je suis trop sensible pour être vraiment voluptueux. Le plaisir m'a toujours laissé insatisfait, comme s'il me donnait à entrevoir une vérité aussitôt dérobée. Je n'aime pas beaucoup entrer dans ce genre d'analyse; cependant, je vous dois une confiance totale, je ne l'oublie pas. Quand je tenais Myriam dans mes bras, il y avait une minute, une trop brève minute, où elle devenait une bête, et j'écris ce mot avec respect. Alors, elle était à moi. Je la connaissais jusqu'au fond de l'âme. Ses moindres pensées, comme celles des bêtes, mes mains les lisaient sans effort; d'elle à moi, toute distance avait disparu. Une velléité de mensonge, je l'aurais sentie courir sous sa peau, comme une humeur malsaine. Et je crois qu'elle sentait aussi cette sorte de pureté animale à quoi je la forçais, et son plaisir en était exalté. Il lui arrivait d'éclater en sanglots, comme si elle avait appartenu, jusque-là, à de mauvais maîtres. Je vais faire un aveu qui me coûte mais qui va jusqu'au fond des choses : en aimant Myriam, j'accomplissais en quelques sorte ma vocation dans sa plénitude. Mes yeux, mes doigts, touchaient la vie au plus secret, là où elle se fait regard, frisson, là où le sentiment et le mouvement du sang se confondent. Et puis Myriam m'échappait. La parole lui revenait. L'écran des pensées tombait entre nous, et mon tourment commençait. J'avais possédé la femme, mais pas Myriam. Et je butais toujours sur le même obstacle : c'était son passé qui brisait notre union. J'étais tout-puissant sur sa chair mais jamais je n'envahissais sa mémoire. Je ne pourrais jamais la guérir de ses souvenirs. Et je me mettais à souffrir. Quelquefois, je me disais : « Ce qu'elle a été ne me regarde pas. Elle m'aime. Donc, elle recommence tout ; elle remet sa vie en jeu d'elle-même ; elle renonce à tout ce qu'elle a déjà vécu. » Malheureusement, il y avait, dans cet autrefois, la mort de son mari, le mystère de cette mort, et ce mystère me hantait.

— Tu es d'un triste ! plaisantait Myriam, quand elle me voyait soudain distrait et taciturne.

— Non. Je songe simplement que je dois partir.

J'essayais ainsi de lui donner le change.

— Eh bien, ne pars pas. Quoi ! Ta femme ne te mangera pas.

Elle était humiliée de me sentir toujours pressé. Si la mort bizarre de son mari me causait bien du tourment, l'étrange attachement que j'éprouvais pour ma femme lui donnait bien des soucis. Nous tournions avec circonspection l'un autour de l'autre, calculant nos questions, surveillant nos réticences. L'un et l'autre, nous nous y étions pris de loin. Tout d'abord, elle m'avait préparé ma chambre, ce qu'elle appelait « mon coin ».

— Quand tu voudras rester, tu vois, tu seras chez toi.

— Mais je ne pourrai pas rester.

— Jamais ?

— Jamais... peut-être pas. Mais pour le moment... c'est bien difficile.

Elle n'avait pas insisté. De mon côté, j'avais tâté le terrain.

— Pourquoi ne t'es-tu pas mieux installée ? Tu as l'intention de retourner là-bas ?

— Non. Du moins, pas à Magoumba.

— Pourquoi ?

— Oh ! pour rien. Je n'y tiens pas, voilà tout.

Puis nous avions laissé dormir nos problèmes. Il ne fallait pas gâcher notre amour. Mais, plus cet amour envahissait nos vies, plus il engageait notre avenir ; par là, il nous obligeait à réveiller le passé. Il y avait des instants où nous avions l'impression d'être mari et femme. Par exemple, nous nous étendions côte à côte sur les chaises longues du balcon. Nyété venait se coucher entre nous. Elle donnait des coups de tête à nos mains pendantes. Entre les pins et les chênes verts, la mer semblait monter jusqu'au ciel. Ronga s'affairait en bas, ou bien, sautant sur sa bicyclette, elle allait faire des courses et criait du coin de la maison.

— J'achète du merlan ou de la raie ?

— Ce que tu voudras, répondait Myriam.

Et elle ajoutait, pour moi :

— Cette pauvre fille, il suffit qu'on soit ensemble pour qu'elle vienne me relancer.

Le silence revenait. Ces instants-là devenaient vite insoutenables.

— A quoi penses-tu ? commençait Myriam.

— A rien.

— Menteur. Tu penses à m'abandonner.

Chacun, les yeux clos, suivait sa méditation. La sienne était probablement l'image même de la mienne. Nous savions de plus en plus clairement que cet amour ne pouvait nous mener nulle part, mais nous refusions désespérément de l'admettre. La main de Myriam tâtonnait, s'attachait à ma main. Tant que nous étions ensemble... mais déjà j'inventais un prétexte pour partir. Là-bas, sur les grèves, la mer cherchait la mer, de chaque côté de la chaussée. Alors, pour me retenir, Myriam s'efforçait de me faire parler.

— Comment est-ce, chez toi? Je voudrais te voir, dans ta maison... J'en ai bien le droit, il me semble.

J'avais envie de riposter, aussitôt. « Non, tu n'en as pas le droit », mais je préférais avoir l'air de céder.

— C'est une grande maison, toute bête. Il y a une grille devant. Tu traverses un jardinet qui s'élargit, derrière. En bas, à droite, tu trouves la cuisine et la salle à manger, et à gauche, mon cabinet de consultation.

— Je vois.

— Au premier, la disposition est la même. A droite, la chambre et la salle de bains. A gauche, mon bureau et un cabinet de toilette.

— C'est meublé comment?

Patiemment, je décrivais, de mon mieux.

— Il y a des fleurs?

Je devais dire quelles fleurs et je m'apercevais que je n'avais jamais fait attention à ces détails.

— Tu ne regardes rien, François. Tu traverses la vie comme un somnambule. Il est grand, le jardin?

— A peu près comme ton parc. Il y a un vieux puits, qui ne sert plus. Il est assez joli.

— C'est ta femme qui a voulu le conserver?

— Oh! non. Elle voulait le faire combler, au contraire. Elle trouve qu'il attire les moustiques.

— Après, qu'est-ce qu'il y a encore?

— Eh bien, le garage, naturellement.

— Parle-moi du garage.

Elle s'amusait à me pousser à bout et, pour ajouter à mon irritation, elle disait :

— Puisque je n'irai jamais, tu peux bien faire un petit effort.

— C'est un garage, quoi ! grommelais-je. Il est muni d'une grande porte à glissière, très lourde... Tu ne pourrais pas la manœuvrer, tu es contente ?... J'oubliais : elle est verte. Du garage, on passe dans la cuisine. Par une petite porte, on sort dans le jardin.

Elle m'interrompait :

— Ça, c'est ta femme qui en a eu l'idée. Je suis sûre qu'elle a beaucoup de sens pratique. N'est-ce pas ?... C'est elle qui s'occupe du jardin ?... Réponds-moi. Et, comme elle ne veut pas salir, elle traverse le garage et se déchausse à l'entrée de la cuisine.

— Si tu sais tout...

— Ne te fâche pas, mon petit François. Je vois tout ça comme si j'y étais. Elle cultive des légumes d'un côté, des fleurs de l'autre.

— Justement, c'est ce qui te trompe. Pas de légumes.

Je devenais vite hargneux, surtout quand Myriam concluait, sur un ton qui me déchirait :

— Tu aimes ta femme, François.

— Non, je ne l'aime pas.

Ces reniements me plongeaient dans une sorte de stupeur. J'avais hâte de m'en aller. Ma maison, évoquée ici, se parait de douceur. Je souhaitais d'y être transporté à l'instant. Je me levais.

— A demain, mon chéri, murmurait Myriam.

— Qu'est-ce que tu vas faire ?

— Peindre.

Encore l'Afrique ! Au moment de quitter Myriam, je me sentais trahi et je me demandais si je n'allais pas rester, pour l'empêcher de se perdre, de nouveau, dans ce monde inconnu, dangereux. Moi qui allais partir, je l'aurais presque accusée de s'éloigner de moi la première. Je la quittais fâché; je revenais implorant. L'amour, une fois de plus, nous jetait l'un contre l'autre, mais, auparavant, Myriam mettait Nyété à la porte, car elle redoutait la jalousie de la bête. Quelquefois, je m'enhardissais.

— Est-ce que tu connaissais Noirmoutier, avant?

— Non. Mon mari me parlait souvent de cette maison, mais je ne pensais pas que je serais forcée de l'habiter.

— Pourquoi forcée?

Un jour, Myriam me saisit le poignet et me dit:

— Ecoute, François. Ne me prends pas pour une idiote. Vial t'a tout raconté. Allons, ne prétends pas le contraire.

— Mais, je t'assure...

— Ne mens pas. Il t'a forcément parlé de la mort de mon mari.

— Vaguement. Mais tu n'y étais pour rien.

— Non. Je l'ai seulement souhaitée... longtemps souhaitée parce qu'avec lui l'existence était un enfer. Et puis, il y a eu cet accident...

Je me gardais d'insister. Ce fut plus tard que je demandai à mon tour:

— Vial... Qu'est-ce qu'il a été pour toi, au juste?

— Un ami. Je t'en donne ma parole, François. Il a tout fait pour être plus, mais il a toujours eu l'air de me traiter en malade. Je n'aime pas ça. Pour lui, je n'étais pas une femme comme les autres... Et pour toi?... Tu me trouves quelque chose de spécial?

— Oui. Ton talent.

J'étais sûr, ainsi, de lui faire plaisir, et cela m'évitait

de répondre. Pourtant, oui, je lui trouvais, à la longue, quelque chose de particulier. Il y avait en elle une violence cachée qui ressemblait à celle de son guépard. Souvent, elle s'en prenait à Ronga, l'injuriait odieusement, le nez pincé, un cercle blanc autour des lèvres. Ou bien, elle chassait Nyété à coups de ceinture, et la bête filait doux. Brèves convulsions qui détendaient Myriam. Elle appelait ces crises « mes orages de brousse », s'en excusait auprès de moi. Je sentais que, bientôt, ils éclateraient sur moi. D'ailleurs, à mesure que passaient les jours, je voyais les dangers grandir. Si mes rapports avec Myriam s'envenimaient lentement, d'autres menaces, plus lointaines, se développaient peu à peu. Mes allées et venues ne pouvaient rester inaperçues. Ma profession justifiait sans doute mes déplacements. Cependant, j'étais trop souvent dans l'île. Fort heureusement, Noirmoutier est un petit univers à part, replié sur lui-même et peu curieux du continent. Je résolus pourtant d'espacer mes visites et, pendant quatre jours, je m'abstins de traverser. Une vigoureuse tempête d'équinoxe rendait le passage hasardeux et me fournissait un solide prétexte. Certes, je rongeais mon frein, mais je tins bon. Jamais je n'avais été plus maussade. Les repas m'étaient un supplice. Mes paroles sonnaient faux, mes silences sonnaient faux, ma respiration, ma vie, tout sonnait faux. Eliane se montrait toujours aussi patiente, aussi attentive.

— Tu devrais te reposer, me conseillait-elle. Tu es sur les routes du matin au soir. A ce régime, tu tomberas malade.

La pluie mitraillait la maison, fumait sur les chemins. Les vaches se rassemblaient le long des talus. Je

55

roulais, bousculé par les rafales, et, au fond de moi, il y avait ce désir obstiné qui me travaillait jour et nuit, comme un taret. Je stoppais un instant au bord de la côte. La mer, livide, cernait au loin les balises, cachait l'île dans un brouillard d'embruns. Myriam avait disparu et j'avais envie de hurler comme un chien.

Au premier soleil, je m'engageai sur le Gois. J'étais prêt à faire des excuses, à m'humilier. Myriam peignait, dans le living. Elle se jeta dans mes bras. La brève séparation nous avait rendus aussi fous l'un que l'autre. Nous n'en finissions plus de nous questionner. Je lui racontai ces quatre journées de solitude. J'avais soigné des vaches, des chevaux, quoi encore? Je m'étais fait couper les cheveux... Nous riions. Je la serrais contre moi. Elle, eh bien, elle était sortie, elle s'était trempée... son imperméable bleu gouttait encore, accroché à la poignée de la fenêtre... elle s'était disputée avec Ronga... elle avait achevé une esquisse du port de Setté Cama.

— J'ai fait autre chose, aussi... Tu vas voir.

Elle tira d'un carton à dessin une feuille où elle avait crayonné un croquis.

— Tu reconnais?

Non. Je ne reconnaissais pas. Et pourtant...

— Mais c'est chez toi, dit Myriam. C'est ta maison. Ça, c'est la grille. Là-bas, le puits. Ici, la façade principale et le mur du garage. Tu sais, j'ai pris ça dans ma tête. Ce n'est peut-être pas très exact.

C'était même loin d'être ressemblant. Avec mon stylo, je corrigeai le dessin et j'allais gribouiller le plan de la propriété quand mes yeux tombèrent sur le tableau de la carrière, toujours en pénitence, face au mur. Je remis mon stylo dans ma poche. Impulsion ridicule, je l'accorde. Mais j'ai l'habitude d'obéir à ces impulsions-là. Elles m'ont souvent été précieuses, dans mon métier.

— Tu as l'air contrarié, dit Myriam.

— Pas du tout.

— Quand tu n'es pas là, j'essaye de te suivre, reprit Myriam. Je ferme les yeux. Je me concentre. Et il me semble que je suis avec toi. Si je n'avais pas cela, est-ce que tu sens à quel point je serais seule ?

Nous étions sur la pente des reproches voilés, des sous-entendus pénibles. Une contrainte qui, hélas, nous était devenue familière, recommençait à peser sur nous. Myriam déchira son dessin et nous parlâmes d'autre chose. Evidemment, je ne suis pas sûr de rapporter avec une parfaite exactitude tous nos propos. Il y a des conversations que j'ai oubliées, d'autres qui ne m'ont laissé que le souvenir de certains mots, de certaines intonations. Mais, pour l'essentiel, je suis absolument certain de ne pas me tromper. Or, je me rappelle que cet épisode eut une importance particulière. Myriam, ensuite, montra moins d'abandon. J'avais l'impression qu'elle me dissimulait certaines pensées, qu'elle s'appliquait à être douce, soumise, confiante. J'essayai d'interroger Ronga, ce qui n'était pas facile, car Myriam ne me quittait guère. Mais Ronga, de son côté, faisait un effort pour me fuir. Je devinais qu'elle ne m'aimait pas. J'étais venu jeter le trouble dans cette maison. Je lui avais pris, en somme, sa maîtresse et sa bête. Je comprenais sa jalousie. Bref, nous en étions arrivés à la période des silences. Nous qui avions tellement bavardé, à tort et à travers, nous nous promenions dans le jardin sans rien dire. Myriam ne soufflait plus mot de sa peinture. Elle ne formait plus de ces projets futiles qu'elle développait longuement, par jeu... « Plus tard, tu sais à quoi j'ai pensé, quand nous serions riches... » Ou bien : « Si j'étais ta femme, tu sais ce que je voudrais acheter... » Elle me jetait alors un coup d'œil en coin et je tâchais d'entrer en souriant dans ce badinage, toujours un peu cruel. Maintenant, rien de tel. Est-ce que je l'avais blessée ? Elle n'essayait plus de me retenir quand je l'embrassais avant de partir. Seule, Nyété me faisait des joies. Elle me suivait partout, de sa longue allure de chien efflanqué, et sa petite tête aux oreilles rondes et aux yeux bridés restait tournée vers moi, guettant la promesse d'un jeu ou le signe d'une caresse. Et parce que Myriam semblait s'éloigner de moi, je m'éloignais d'Eliane. Je traînais, le soir, ma mauvaise humeur de pièce en pièce. De la fenêtre de mon bureau, je contemplais l'île endormie, le battement d'ailes des phares, les tamaris ployant sous le vent. J'allumais une pipe, car je m'étais mis à fumer la pipe. Où aller ? Où me réfugier ? Eliane était couchée. Elle m'attendait longtemps. Quand elle était enfin assoupie, je me déshabillais vite et me glissais furtivement dans le lit. Il n'y avait pas d'issue. Et pourtant, naïvement, je persistais à croire que cette situation pouvait durer ; ce fut Myriam qui se chargea de m'ouvrir les yeux. Je revois la scène : nous étions sur le balcon, en train de boire du café. Nyété, la tête penchée, les yeux clos, croquait à grand bruit des morceaux de sucre et bavait partout.

— Je me demande, fit Myriam tout à coup, quelles sont tes intentions.

— Mes intentions ?

— Je suis très flattée d'être ta seconde femme mais,

ici, nous ne sommes pas en Afrique, tu me l'as rappelé assez souvent. Alors ?

Je me souvins des propos de Vial et elle me vit en défense, ce qui augmenta sa colère.

— Tu prétends que tu m'aimes... moi... moi seule. Alors qu'est-ce que tu comptes faire ? Les favorites, aujourd'hui, ça s'épouse.

— Tu voudrais que... ?

— Et pourquoi pas ? J'en ai assez, à la fin, d'être celle qu'on vient voir à la sauvette, deux heures par jour, jamais plus, parce que l'autre, en face, pourrait tout apprendre. Qu'elle souffre un peu, à son tour ! Mon petit François, tu veux tout prendre et rien donner. Tu es comme un enfant. Je regrette, mais moi, je ne marche plus.

Nyété s'était assise, inquiète, croyant que Myriam s'en prenait à elle. Moi, je tâchais de me contenir encore, mais elle m'avait touché au vif. J'avais tort. J'étais battu d'avance et, par conséquent, décidé à lui faire mal. Pourtant, je cherchai des raisons.

— Crois-tu, lui dis-je, que je n'aie pas tout pesé ? Heureusement que je vois plus loin que toi. Je n'ai pas beaucoup d'argent devant moi, d'abord. Et puis, où veux-tu que je m'installe ?...

— La France, la France ! Je m'en moque. Nous irons à Brazzaville, tout bonnement. Je t'assure que là-bas tu auras du travail. Et si tu en as trop, je t'aiderai. Je sais des choses que je t'apprendrai. L'Afrique n'a pas fini de t'étonner.

— Mais l'argent ?

— Et ça !

Myriam, d'un geste, me montrait les tableaux suspendus aux murs de la chambre.

— Ça vaut cher, reprit-elle. Je vais peut-être gagner plus que toi.

— Non, dis-je. C'est non.

Je m'attendais à un éclat. Il y eut au contraire un silence affreux.

— Bon, fit Myriam. Comme tu voudras. Mais je te préviens...

Je l'interrompis. Ma voix tremblait malgré moi.

— C'est moi qui te préviens. Je ne divorcerai pas. Tu as eu envie de moi, j'ai eu envie de toi... Cela n'engage que nous. C'est une affaire privée et je ne vois pas pourquoi je...

— François !

Elle avait crié. Les larmes lui montaient aux yeux comme le sang suinte à une coupure.

— Pardonne-moi, murmurai-je... Je t'aime, Myriam. Mais comprends que je ne suis pas libre. Tout me tient : mon métier, ce pays...

— Ta femme.

— Oui. Eliane aussi. Donne-moi du temps, veux-tu ?... Et ne me parle plus toujours d'elle. Laisse-la tranquille... Peu à peu, j'y verrai plus clair. Je suis un homme d'habitudes. Il ne faut pas me brusquer. Allons, Myriam.

Je lui tendis la main. Elle y posa la sienne mais je sentais sa rancune intacte, vibrante. Nous restâmes ainsi un moment, comme deux adversaires qui viennent de signer une trêve. La paix reviendrait-elle jamais ? Ce jour-là, je m'attardai plus qu'à l'ordinaire, épiant le visage de Myriam. Il resta aussi indéchiffrable qu'un masque. Je partis, désespéré, et je faillis bien être arrêté par la mer. Je parcourus les cent derniers mètres avec de l'eau jusqu'au carter. J'étais épuisé. Je m'assis sur la dune. Je respirais court comme si j'avais traversé le Gois en galopant. La route avait disparu et le lien qui m'attachait à l'île venait de se rompre. J'aurais voulu que la mer ne se retirât jamais, qu'entre Myriam et moi coulât toujours ce courant impétueux où pêchaient les mouettes. Je me renversai sur le dos et, les yeux perdus dans le ciel, j'essayai de voir ma vie avec Myriam : des mois d'amour et de querelles et puis elle se lasserait de moi... Et ma vie avec Eliane ? Des années et des années de silence !... C'était comme si j'avais eu à choisir entre la mer et le marais. Je me redressai : devant moi, la marée haute avait reculé l'horizon ; derrière moi, le plat pays s'en allait, dans le vert et le bleu, jusqu'à de lointains clochers, hauts comme le doigt. Tout près, s'élevait ma maison. Des forces, trop grandes pour moi, me tiraient d'un côté et de l'autre. Myriam avait raison. Je n'étais qu'un enfant perdu qui a peur.

4

Cette fois, je fus assez fort pour résister à la tentation. Ou bien je n'eus pas le courage d'affronter ses reproches. Peut-être même étais-je las de ces courses dans l'île. Au fond, peu importe. Il me semble, quand je reviens sur ces événements, que je passai trois ou quatre jours dans une sorte de torpeur. La fièvre aphteuse avait fait son apparition dans mon secteur et le travail m'empêchait de penser. Je rentrais pour manger, quelquefois debout, et pour dormir d'un sommeil de brute. L'image de Myriam, de loin en loin, venait me visiter. Je la chassais aussitôt, bien décidé à ne pas céder. Comment réagirait-elle ? Oserait-elle m'écrire ? Sûrement pas. Mais si elle était orgueilleuse, je ne l'étais pas moins. Elle imaginerait sans doute un biais qui sauvegarderait sa fierté et mon amour-propre ; elle me ferait dire, probablement par Milsant, le chauffeur du car, que Nyété n'était pas bien. J'étais certain que la crise s'achèverait de cette façon-là. C'est pourquoi, chaque jour, je consultai l'horaire du car avant d'aller au café-tabac de Beauvoir. J'achetais mon paquet de gris et le journal, ce qui me permettait d'attendre l'arrivée de Milsant. Il était d'une exactitude rigoureuse, si bien que je ne perdais guère plus de cinq minutes. Je longeais lentement le car, le nez plongé dans le journal, guettant un appel du chauffeur. Rien. Je repartais, soulagé. Un jour de répit. Le jeudi, je me sentis un peu inquiet. Bientôt une semaine que nous nous entêtions. Toujours rien. Je commençais à me méfier. Myriam n'était pas femme à se résigner. Elle devait préparer quelque chose. Mais quoi ? Je savais que le premier qui flancherait serait obligé d'accepter les conditions de l'autre. Donc, il ne pouvait être question de capituler. Le samedi, j'allai à Nantes, seul, comme toujours. Mon emploi du temps ne variait pas : le matin, courses. A midi, déjeuner dans un petit restaurant du centre. Ensuite, cinéma : n'importe lequel. Je me décidais sur l'affiche. Je préférais les westerns. Pourtant, ce samedi-là, je n'eus pas envie de m'enfermer dans un cinéma. En vérité, je n'avais envie de rien. Je flânai, autour de la place du Commerce, regrettant le temps où j'étais encore un homme simple, sans problème. Je vis, à la devanture d'un libraire, un livre dont je fis l'acquisition par désœuvrement : *L'Afrique insolite.* Je n'aime pas beaucoup la lecture, mais ce titre m'attira. L'image aussi, qui représentait un totem, noir, tordu, plus grossièrement ébauché qu'une pierre taillée et pourtant horriblement actif, si j'ose dire. Voilà donc à quoi Myriam était attachée ! Ma résolution de résister s'en trouva fortifiée. Je note tous ces détails parce que, vus de loin, après coup, dans ma perspective qui les regroupe et les ordonne, ils prennent une signification stupéfiante, comme si quelque volonté mystérieuse les avait mis en place pour éclairer le drame. Je jetai le bouquin sur la banquette de la 2 CV et ne l'ouvris que beaucoup plus tard. Trop tard, hélas! J'en eus soudain assez de la ville, de sa gaieté! Il était un peu plus de quatre heures à l'horloge de la place Royale. Pressentiment? Qui sait? Je décidai subitement de rentrer. Je ne veux d'ailleurs pas forcer les faits. Je n'éprouvais aucune inquiétude. Au contraire, je me promettais de rouler au petit pas, pour profiter de ce soleil qui annonçait l'été. Et ce fut une promenade très agréable, très douce. Je me tenais, comme souvent, en retrait de moi-même, spectateur ému et désenchanté. Je songeais à Myriam, sans violence. L'aventure avait été belle. Grâce à elle, j'avais eu ma part de folie. J'étais, maintenant, un adulte. J'écrirais à Myriam pour lui expliquer, de mon mieux, tout cela. Mais ces pensées, si raisonnables, avaient un goût de larmes.

J'entrai dans Beauvoir, dans le monde réel. Demain, il faudrait que j'aille au Gros Caillou, pour la jument. Sale corvée. J'aperçus le patron du tabac qui me faisait des signes, mais je n'avais pas le cœur à m'arrêter. Et puis, par je ne sais quelle association d'idées, je m'aperçus que j'avais oublié d'acheter, pour Eliane, un de ces petits objets qui marquaient toujours mes voyages à Nantes. Elle ne me ferait aucun reproche, bien sûr. Seulement moi, pendant toute la soirée, j'allais être paralysé par le remords et je n'ouvrirais pas la bouche. Je ralentis encore. Si j'en avais eu le courage, j'aurais rebroussé chemin. J'aurais voulu disparaître. Mais j'étais maintenant devant ma maison; je devais continuer à vivre, à mentir, à tromper tout le monde. J'allais tourner pour entrer au garage, lorsque je reconnus la Peugeot du Dr Mallet. Le docteur, chez moi? Je me souvins des signes de Courilleau, le patron du tabac, et je sentis qu'il était arrivé quelque chose de grave. Au même instant, un homme sortit de la maison, et cria en me voyant :

— Le voilà !

Je plantai là ma voiture. Ensuite, tout devint confus. Je me rappelle seulement ma surprise et ma frayeur quand quelqu'un me dit :

— Elle est en bas, dans votre cabinet de consultation.

Il y avait des gens sur le perron et dans le vestibule. Je les écartai et découvris Mallet penché sur Eliane. Il se releva lourdement, s'essuya le front.

— Elle est tombée dans le puits, fit-il. Et il recommença ses mouvements de réanimation. Il ajouta sans se retourner :

— Elle revient, mais il s'en est fallu de peu !

Une femme pleurait. Je reconnus la mère Capitaine. Tom aussi gémissait, et le bruit des conversations emplissait l'entrée. Je n'étais pas du tout paralysé par la stupeur. J'avais trop l'habitude des situations bizarres. Je poussai doucement dehors la mère Capitaine et fermai la porte. Puis je relayai le docteur. En apparence, j'étais plein de sang-froid, mais, au fond de ma tête, comme une cloche dans le brouillard, j'entendais sans répit : « Le puits... Le puits... » Eliane n'avait pas encore repris connaissance. Elle était maculée de terre, livide, spongieuse, misérable avec ses cheveux qui pendaient et des lentilles d'eau collées sur le front. Jamais je n'avais été aussi sûr de l'aimer. Jamais je n'avais senti mes mains plus intelligentes, plus fraternelles. Mallet, épuisé, alluma une cigarette.

— Maintenant, nous la tenons, dit-il, mais j'ai bien cru qu'elle allait me filer entre les doigts. Trois minutes plus tard, ça y était !... Pour la sortir, ça n'a pas été une petite affaire, paraît-il. C'est Gahéry, le maçon, qui est descendu... On l'a attaché. Quand je suis arrivé, il venait juste de la remonter... Et pendant quarante minutes, elle n'a pas donné signe de vie. J'étais découragé...

— Mais comment a-t-elle pu faire son coup? demandai-je. (Cette question m'obsédait.)

— Je n'en sais rien. C'est votre chien qui a donné l'alarme. Il hurlait si fort que la voisine est venue. Le chien tournait autour de la margelle, en aboyant. Alors, elle s'est penchée, elle a vu votre femme qui se débattait encore... Elle vous expliquera tout ça mieux que moi, d'ailleurs. Elle ne savait pas se servir du téléphone. Elle était affolée. Personne sous la main. Elle a couru chez les Paillusseau... Le fils a sauté sur sa moto, est venu me prévenir. Et le temps passait. Vous vous rendez compte. Moi, j'avais un malade que je ne pouvais pas lâcher immédiatement. Tout était contre nous. Heureusement, au tabac, le petit Paillusseau a trouvé de l'aide.

Mallet revint auprès d'Eliane et nous la retournâmes sur le ventre.

— Ça va marcher, reprit-il. Elle a rendu toute son eau.

Il avait eu tellement peur qu'il ne pouvait plus, maintenant, s'arrêter de parler.

— Vous allez préparer des bouillottes. Il ne s'agit pas qu'elle nous fasse une bronchite.

Un hoquet secoua Eliane.

— Dépêchez-vous, me cria Mallet.

Je sortis; je remerciai tous ceux qui étaient là. J'avais hâte d'être seul pour interroger Eliane. Puisque j'ai entrepris de tout dire, je dois souligner ce détail.

Malgré mon chagrin, je n'avais qu'une idée : savoir ce qui s'était passé. Pourquoi le puits?... J'aurais été moins troublé si Eliane, par exemple, avait été renversée par une automobile. Mais le puits! C'était tellement inexplicable, tellement horrible. J'affirmai qu'Eliane était hors de danger. La sympathie de tous ces braves gens m'était infiniment douce, mais leur curiosité m'irritait. Je pensai alors à Myriam, à sa joie quand elle apprendrait que l'autre, celle qu'elle appelait « l'autre », avait failli mourir; et je compris, là, dans ce vestibule où tout le monde parlait à la fois, que Myriam avait vraiment des droits sur moi, que si Eliane était morte... Le dégoût, la honte, une sorte de lucidité vertigineuse me découvrirent, en une seconde, ce que j'étais : un coupable. Je revins sur mes pas. Eliane, soutenue par le médecin, avait ouvert les yeux. Elle me regardait. J'éclatai en sanglots. Je sais à quel point ces mots sont conventionnels. Et pourtant, je n'en vois pas de meilleurs. Des spasmes me tordaient la poitrine; le mal s'arrachait de moi. De nouveau, je pouvais soutenir son regard où la vie revenait, encore méfiante, comme si Eliane n'avait pas reconnu ce monde où elle était en train de s'éveiller. Je n'osais pas l'embrasser. J'étais suspendu à ses yeux qui semblaient chercher quelque chose.

— C'est votre mari, dit Mallet.

Je m'agenouillai à côté d'elle. Sa tête se tourna vers moi.

— François! murmura-t-elle... Comme j'ai eu peur... Ne t'en va pas.

— Vite, au lit. Pas le moment de s'attendrir, grommela le docteur. Voulez-vous que je vous aide?

Je la soulevai. Elle était glacée. J'avais l'impression

de porter mon propre péché. Je dis péché faute de mieux. Je n'ai jamais été un homme religieux. Mais je voyais dans cet accident un signe, une sorte d'avertissement. Si je n'avais pas connu Myriam, est-ce que cet accident aurait eu lieu? Pensées délirantes, évidemment. Mais j'étais malade de pitié, de remords, au point que, dans l'escalier, je fis le serment de me tuer, si Eliane mourait. Je savais pourtant qu'elle était hors de danger. Cela ne m'empêchait pas de broder autour de ma propre mort. C'était peut-être une manière supplémentaire de me faire souffrir et de me placer ainsi au niveau d'Eliane; plus elle me verrait malheureux, plus elle serait sûre de moi. Je me demande si, avec la mauvaise foi des scrupuleux, je ne prenais pas alors d'ultimes précautions. Mais c'est peut-être maintenant que j'interprète. Je couchai Eliane pendant que Mallet préparait sa seringue et ses ampoules. Je serais incapable de citer les gens qui s'agitaient toujours au rez-de-chaussée. J'ai oublié ce que je leur ai dit, plus tard. Je m'aperçois que mon récit est flou; je pourrais, après coup, en combler les lacunes, restituer aux événements leur aspect banal de fait divers. Je préfère les raconter en me racontant, car c'est en moi qu'ils ont prit leurs proportions véritables. Mon amour pour Myriam avait été, jusque-là, un jeu passionnant. A partir de ce soir-là, je sus qu'il était devenu, mystérieusement, autre chose qu'un jeu. Ces pensées, ces émotions, ces rêveries m'occupaient tout entier tandis que je veillais au chevet d'Eliane. Le docteur était parti. La maison s'était vidée. Eliane dormait. Je marchais sans bruit dans la chambre. De temps en temps, je la regardais. Je vivais avec elle depuis des années. Je ne l'avais jamais vue. Elle reposait, avec un calme un peu effrayant, les bras étendus sur le drap, les mains à plat, incroyablement digne dans son absence. Je remarquai l'énergie de sa bouche et la petite ride soucieuse qui craquelait son front. Elle n'avait ni la beauté ni l'élégance de Myriam. Telle quelle, à la fois pure et têtue, elle m'inspirait infiniment de respect. Elle était ma femme. J'avais failli perdre ma femme. Myriam embellissait ma vie, mais Eliane était la substance de ma vie. Je ruminai jusqu'au matin ces pauvres vérités dont l'évidence nouvelle m'accablait. A la fin, je m'assis dans un fauteuil, près du lit, et je m'endormis. Quand je me réveillai, Eliane, appuyée sur un coude, m'observait. Je bondis.

— Eliane !

Elle souriait tristement.

Cette fois, je la serrai longuement dans mes bras. Je ne pouvais plus parler. Autant il m'était facile de dire à Myriam que je l'aimais, autant il m'était impossible de dire des choses tendres à Eliane. Je n'avais même pas envie de la caresser. Mais, ma joue appuyée sur sa joue, je sentais s'alléger, se dissoudre, le poids d'amertume qui m'étouffait. Elle était là et j'étais là. Si j'avais ouvert la bouche, il me semble que j'aurais profané quelque chose. Cependant, l'instant vint où le silence allait perdre sa qualité la plus fine. Elle le rompit la première.

— François, tu vois... je m'en suis tirée.

Je me reculai pour l'examiner. Elle était encore pâle et ses yeux bleus paraissaient fanés, ternis, à la fois fixes et distraits comme s'ils demeuraient hantés par quelque vision incommunicable.

— Comment te sens-tu ?

— Bien, maintenant.

Elle leva la main vers moi, d'un geste très doux, et recoiffa mes cheveux en désordre. Myriam n'aurait pas eu ce geste. J'aurais voulu retenir cette pensée. En ce moment, elle valait un mensonge. Je pris sa main dans la mienne, pour chasser l'image de Myriam.

— Serre-moi, dis-je. Bien fort.

Je regardais nos doigts mêlés, nos alliances qui brillaient, l'une près de l'autre, et je pleurai de nouveau, mais paisiblement, sans chercher à me retenir, parce que ces larmes appartenaient à Eliane. Elles lui étaient dues.

— François... François chéri, murmura Eliane.

— Nous sommes bêtes, dis-je.

Elle m'attira contre elle.

— Tu le regrettes ?

Le téléphone sonna dans mon bureau. Je ne bougeai pas.

— Tu n'y vas pas ? demanda Eliane. C'est un client.

— Tant pis. Ils se passeront de moi aujourd'hui. Je reste avec toi.

Et je sentis que je venais de lui faire le cadeau le plus inespéré. J'attendais qu'Eliane me parlât de sa chute. En dépit de mon impatience et de mon angoisse, je n'osais pas aborder ce sujet. Elle paraissait encore si meurtrie, si lasse. Je descendis faire la pâtée de Tom, puis le café. Je servis Eliane et croquai des rôties auprès d'elle. Dînette émue, pleine d'attentions et dont chaque détail était une fête. Eliane reprenait des couleurs. Elle n'avait pas de fièvre, mais je lui interdis de se lever. D'ailleurs, le docteur n'allait pas tarder à revenir.

70

— Tu lui dois une fière chandelle, dis-je.

— Je m'en doute.

J'enlevai le plateau et m'assis sur le lit. Je n'y tenais plus.

— Voyons, Eliane, maintenant que tu es reposée, qu'est-ce qui s'est passé ?... Depuis hier, je cherche, je réfléchis, je n'arrive pas à comprendre.

Elle se laissa aller au creux de l'oreiller, avec lassitude.

— Moi non plus, fit-elle.

— Tu as voulu tirer de l'eau ?

— Mais non. Je suis sortie dans le jardin, je ne me rappelle plus pourquoi... C'est drôle, j'ai oublié... peut-être pour cueillir des fleurs... je ne sais plus... J'ai éprouvé, tout à coup, une grande fatigue... Jamais je n'avais senti cela. Je n'y voyais plus. La tête me tournait... J'ai reconnu le puits. Je ne voulais pas m'en approcher et pourtant je m'en approchais malgré moi. Je me suis assise sur la margelle. Et j'ai basculé.

— Attention. N'allons pas si vite. D'abord, cette fatigue, d'où venait-elle ?

— Je ne sais pas.

— Tu n'avais rien mangé de lourd ?

— Non.

— Et tu n'as même pas eu le temps de revenir à la maison ?

— Non.

— Eliane... Il me semble que tu ne me dis pas tout.

— Si, mon chéri, je t'assure.

— Tu aurais pu appeler.

— J'étais incapable de parler, de bouger.

Je me tus, cherchant à formuler un diagnostic satisfaisant, car j'avais quelques connaissances médicales. Eliane était robuste, tout le contraire de ce qu'on appelle une femme nerveuse. Je n'apercevais pas la moindre explication.

— En somme, dis-je, tu as été comme paralysée ?

— Oui.

— Mais est-ce que tu souffrais ?

— Pas du tout... Ne t'inquiète pas, mon petit François... C'est fini. Je ne veux plus penser à tout ça.

— Mais moi, je suis bien obligé d'y penser. Ce malaise peut te reprendre.

Elle se cacha le front, de son bras replié, et murmura très vite :

— Alors j'aimerais mieux mourir.

— Je t'assure, Eliane. Je ne te reconnais pas. Tu as eu un vertige. Bon. Tu t'es assise sur la margelle... Mais elle est assez large. Tu as roulé ? Comment as-tu fait ton compte ?

— J'ai senti que je partais... C'était plus fort que moi... Je n'avais plus aucune force... Je n'avais même pas envie de me défendre.

— De te défendre ? Mais personne ne t'attaquait.

— C'est vrai. Je ne sais comment te dire... C'était affreux et pourtant c'était agréable... J'étais toute creuse, toute vide... Je me suis laissée chavirer. Ma tête a porté contre quelque chose de dur. J'ai une bosse, là...

Je tâtai la bosse, sous les cheveux, et Eliane gémit. La bosse était énorme.

— J'ai eu l'impression de tomber pendant très longtemps, continua-t-elle. Et puis j'ai dû arriver à plat sur l'eau... le bruit a été épouvantable... Je n'ai pas coulé, mais le froid m'a suffoquée.

— Tais-toi, murmurai-je.

Moi qui suis tellement prompt à vivre les souffrances des bêtes et des gens, ces détails me torturaient. Mais Eliane ne s'en apercevait pas. Peut-être se délivrait-elle en parlant.

— J'ai essayé de me retenir... les pierres étaient grasses... Je n'ai pas perdu connaissance tout de suite... le fond n'était pas loin et j'aurais pu me tenir debout... Je l'ai cru... Je ne me rappelle plus très bien... Le plus terrible, c'était le froid. Tout ce froid qui entrait en moi.

Je posai la main sur sa bouche. Elle l'embrassa.

— Je ne vais plus vivre, dis-je. Je ne vais plus oser m'absenter.

Ce puits, je le sentais s'ouvrir sous mes pieds. Les pierres glissantes, l'eau glacée, tous ces détails s'étaient plantés comme des couteaux dans ma chair. Je me levai, en proie à une sorte de colère qui venait de mon excès de peur.

— Je vais le faire boucher, et d'une ! m'écriai-je. Et puis le docteur va t'examiner à fond. S'il le faut, nous irons consulter à Nantes. Mais je veux en avoir le cœur net. Ce n'est pas normal, un pareil malaise.

— Je t'en prie, François !

Je descendis dans le jardin. La terre avait été piétinée autour du puits. Je m'assis à mon tour au bord de la margelle, dont les pierres portaient des éraflures. Il ne m'était que trop facile de lire la bataille qui s'était livrée là, pendant que moi... Je me penchai et vis, très loin, la tache bleue du ciel et la petite boule noire de ma tête. Ainsi en porte à faux, je basculerais immanquablement, si, pour une raison quelconque, mes forces venaient à me manquer. J'en fis l'expérience et dus me raccrocher aussitôt, le cœur battant. Une vraie fatalité qu'Eliane fût passée par là au moment précis où la défaillance la guettait. D'autant qu'elle ne s'approchait d'habitude presque jamais du puits. L'arrosage, je m'en occupais l'été, et, quand j'étais trop pris par mes visites, un jardinier de Beauvoir me donnait deux après-midi par semaine... La grille s'ouvrit. C'était le Dr Mallet. Je courus à lui pour lui expliquer mes craintes. Mallet est un garçon d'une quarantaine d'années, taillé en force. Pas du tout le genre subtil, mais beaucoup d'expérience et de prudence. Je le fréquentais peu, faute de temps et puis nous n'avions guère d'affinités. Mais j'avais confiance en son jugement.

— Vous dramatisez, me dit-il. N'importe qui peut être incommodé n'importe où. Votre femme est solide, mais ce n'est pas une raison. J'ai eu, un jour, une très courte syncope cardiaque au volant, et je me suis cassé la gueule proprement. Eh bien, j'ai vu mon patron, à Nantes. Il m'a étudié sur toutes les coutures. Il n'a jamais été foutu de m'expliquer pouquoi mon cœur avait bafouillé, pendant deux ou trois secondes. Et j'ai senti, moi aussi, comme votre femme, que je ne pouvais plus rien faire. Je mourais. Littéralement, je mourais. Ce n'est pas drôle, d'accord. Elle ne serait pas enceinte, par hasard ?

Déjà, il s'engageait dans l'escalier. Il rectifia de lui-même :

— Non. Je pense que non. Après ce bain froid, elle aurait présenté d'autres symptômes... On va voir ça, mais il n'y a pas de quoi perdre les pédales, croyez-moi !

Il resta une heure. Il interrogea Eliane avec un soin

et une patience admirables. Il l'ausculta, la palpa, l'examina de son mieux, puis rejeta le drap sur elle.

— C'est parfait, dit-il. Heureusement que mes malades ne vous ressemblent pas. Je n'aurais plus qu'à fermer boutique.

Il me serra la main et je l'accompagnai jusqu'à la grille.

— Je vous assure qu'elle n'a rien, m'affirma-t-il. Elle n'est peut-être pas tout à fait aussi costaude qu'elle en a l'air, mais elle va s'en tirer sans douleur. Est-ce qu'elle se plaît, ici ?

— Pourquoi ne s'y plairait-elle pas ?

— Tout de même ! Sortez-la donc un peu. Ça l'aidera à récupérer.

Je rapportai ce propos à Eliane.

— Veux-tu prendre quelques jours de repos ? Veux-tu aller dans le Midi ?

Elle refusa. J'avais mon travail. Elle n'accepterait jamais d'être un poids mort pour moi. Je n'insistai pas. La vie recommença comme avant. Simplement, la mère Capitaine vint deux heures le matin pour faire le ménage. Ce fut le soir de ce jour que Milsant m'arrêta à Beauvoir, pour m'informer qu'on me demandait à Noirmoutier.

— C'est de la part de Mme Heller, m'expliqua-t-il.

— Je sais.

— Paraît qu'elle a une espèce de lionne...

— Un guépard.

— La bête est encore malade. C'est la négresse qu'est venue me prévenir.

— Je n'ai pas le temps.

— Bon. Moi, je vous ai fait la commission.

Je haussai les épaules pour bien lui prouver que je n'attachais aucune importance à cette Mme Heller et à son guépard. Et, franchement, à ce moment-là, c'était vrai. Et ce fut encore vrai le lendemain. Je travaillai toute la journée sans être distrait une minute. Toute une part de moi-même avait été comme assommée par l'incident d'Eliane. Le surlendemain, je me mis à penser à Nyété, en caressant Tom. Mais fugitivement, et d'une manière purement professionnelle. *On* avait négligé son régime. *On* avait peut-être eu recours à des remèdes de « là-bas ». Si Nyété était vraiment malade, elle avait le droit, elle aussi, d'être soignée. Je partis faire ma tournée du matin. J'étais très maître de moi, très calme, un peu triste. J'aurais dû me méfier, à cause de cette sourde mélancolie. L'autre Rauchelle était en train de se réveiller, mais je ne m'en doutais pas. A midi, je déjeunai avec Eliane, qui était très gaie, d'une gaieté qui me mettait mal à l'aise. Nous reparlâmes du puits, qui tenait toujours la première place dans nos conversations. Et alors je lui posai une question que je n'avais nullement préméditée mais qui me vint à l'esprit comme si quelqu'un me l'avait soufflée :

— Tu étais seule ?

— Oui, bien sûr.

— Je veux dire...

Mais je ne savais pas très bien ce que je voulais dire. Elle était seule ; elle m'avait expliqué déjà toutes les circonstances de l'accident. Nous discutâmes ensuite au sujet de la mère Capitaine ; Eliane avait l'intention de se passer de ses services à la fin de la quinzaine ; j'oubliai l'espèce de bizarre soupçon qui m'avait effleuré. Il me fut remis en mémoire de la manière la plus fortuite : en comptant mon argent, le soir, je découvris, dans mon portefeuille, la carte de Vial qui s'était glissée parmi les billets. Instantanément, je pensai au mari de Myriam et je sentis que j'avais redouté, obscurément, le retour de ce souvenir. J'allumai ma pipe. Soit, le mari de Myriam avait fait une chute et s'était tué. Quel rapport avec Eliane ? Aucun. Myriam était veuve. J'avais bien failli être veuf. Est-ce que j'aurais épousé Myriam ?... Peut-être... Sans doute... sûrement ! Ma méditation tournait court. Il y avait quelque chose que je n'osais pas m'avouer et, maintenant, seul avec moi-même, je voulais vider l'abcès. Le mari de Myriam était mort et personne n'avait su comment. Il avait suivi un chemin qu'il n'avait pas l'habitude de prendre... Avait-il glissé ?... Avait-il était victime d'un malaise ?... L'avait-on poussé ?... Mais *on* ne l'avait pas poussé, Vial me l'avait affirmé. Restait l'accident. Chute là-bas, chute ici. Pure coïncidence. Qu'est-ce que j'allais m'imaginer ?... Je regardai l'île, au fond de la nuit. J'avais coutume de raisonner, que diable ! J'étais un esprit positif. Mon métier m'avait appris à observer, à réfléchir, à interpréter méthodiquement les apparences. Il m'arrivait quelque chose de classique : je m'étais interdit, pendant longtemps, de penser à Myriam et, pour tourner cette censure, j'étais en train de cultiver des inquiétudes d'une autre sorte. Je transposais le problème sur le plan d'une enquête. Mais il n'y avait pas de problème. Il n'y avait qu'un homme repris par la passion. Etait-ce bien cela ? J'étais contraint, en conscience, de reconnaître que c'était bien cela : j'avais envie de revoir Myriam et je me forgeais des prétextes fallacieux. Mais pourquoi m'interdirais-je de revoir Myriam? La revoir ne signifiait pas forcément succomber!

Vous le voyez, je ne vous cache rien. Je voudrais parvenir à vous faire l'histoire de mes scrupules, par le menu, pour que vous compreniez bien que je me suis longuement étudié, critiqué, avant de conclure. La vérité, telle qu'enfin je l'ai atteinte, n'est pas *ma* vérité. Il me semble que j'ai réussi à surmonter, à éliminer tout ce qui, dans cette aventure, a été mon apport personnel, mon optique propre. A aucun moment, je n'ai été dupe de moi-même quand j'ai commencé à me chercher des raisons valables de revoir Myriam. Je savais que j'avais tort. J'étais extrêmement malheureux. D'ailleurs, j'ai résisté plus d'une semaine encore. Pendant ces huit jours, j'ai entouré Eliane de soins, d'attentions, de tendresse. Elle demeurait très lasse, malgré ses efforts pour paraître complètement remise. Elle toussait un peu et n'avait guère d'appétit. De mon côté, ma résolution ressemblait à ces châteaux de sable que les enfants construisent contre la mer. Les vagues se rapprochent; les donjons, minés, commencent à pencher. J'empruntais de plus en plus souvent le chemin de la côte. J'avais besoin de sentir l'odeur du goémon. Je renversais légèrement la tête; je humais le vent salé, comme ces chevaux solitaires, le long des dunes, qui flairent l'espace en allongeant le cou. Un instinct m'avertissait que, si je franchissais le Gois, les dangers allaient grandir. Et puis, un soir, je pris ma décision, froidement, après avoir constaté qu'Eliane avait bonne mine. J'étais odieux et coupable jusqu'à la moelle. Mais je n'en pouvais plus. Le vent soufflait de terre. L'eau de la baie était plate comme celle d'un étang et les premiers hannetons se cognaient aux carreaux. Je montai le réveil, embrassai Eliane. J'étais gonflé, je l'avoue, d'un bonheur neuf.

5

Je franchis le Gois à la basse mer de dix heures.
Trois ou quatre voitures roulaient devant moi et je me
souvins que nous entrions dans la semaine de Pâques.
Le mouvement des voitures me serait utile ; pendant
une quinzaine, je pourrais aller et venir sans attirer
l'attention. Joie d'être dans l'île, de retrouver les routes
étroites entre les maisons basses, les haies de tamaris,
et, de loin en loin, une large échappée sur l'océan. Les
villages que je traversais, la Billardière, la Gourderie,
le Mathois, semblaient des villages d'ailleurs. J'étais
vraiment dans un pays imaginaire. Myriam, je le
comprenais mieux, était sortie de mes rêves comme
une divinité barbare. J'allais vers elle en pèlerinage.
Elle me donnait l'émerveillement. Qu'elle voulût avoir
une vie propre me choquait et me paraissait vulgaire.
J'éprouvais une sorte de serrement de cœur en
remuant ces pensées, comme si mon amour avait vieilli
et, en même temps, je me sentis moins coupable envers
Eliane ; je ne lui enlevais rien ; je me retirais, pour une
heure, dans un autre monde, analogue, peut-être, à
celui de la musique ou de la lecture. Ainsi rassuré,
protégé contre Eliane et défendu contre Myriam, seul

avec mon bonheur clandestin, je me hâtai vers Noirmoutier.

Je rencontrai d'abord Nyété. Elle vint à moi en quelques bonds silencieux et faillit me renverser tellement sa joie était grande. Elle avait maigri. Ses épaules saillaient d'une manière inquiétante et les deux lignes noires qui allaient de ses yeux aux coins de sa bouche ressemblaient à deux rides creusées par le souci.

— Nyété !

Je reconnus la voix de Myriam et voilà que je n'osais plus avancer. Et déjà je préparais mes excuses. J'entendis ses pas sur le gravier. Lui parlerais-je d'Eliane ? Aurais-je la faiblesse de tout lui raconter ? Elle parut, à l'angle de la maison, s'arrêta net. Je fis gauchement quelques pas vers elle. La fière Myriam était si émue qu'elle dut s'appuyer au mur. Mes genoux tremblaient. Ce que je ressentais était pire que la faim et la soif, et quand je la serrai contre moi, je crus que j'allais tomber. Une sorte de panique nous soudait l'un à l'autre. Nous avions fermé les yeux. Chacun avait ressaisi sa proie. J'essayai, le premier, de me dégager.

— On peut nous voir !

— Je m'en fiche, dit-elle.

Un instant après, elle me demanda :

— Pourquoi as-tu fait cela ?

— J'ai été occupé. C'est le moment de l'année où j'ai le plus de travail.

— Non. Il y a autre chose... Tu étais fâché ?

— J'étais un peu fâché aussi, bien sûr.

Elle me prit la main et m'entraîna dans la maison. Elle courait presque. Du pied, elle referma la porte de la chambre, puis elle lança sur une chaise sa robe de chambre. J'avais retrouvé la grande fille sauvage dont la sincérité bousculait toujours mes calculs et mes repentirs. J'arrachai mes vêtements. Son ardeur me dévorait. J'aurais voulu bondir hors de ma peau. Nous cherchions quelque chose de beaucoup plus grave que le plaisir et nous y tendions dans un élan qui nous tirait des supplications de pitié. Nos démons nous quittèrent enfin et nous retombâmes, exsangues, inconscients, semblables à des exorcisés. Nous étions fous de croire que l'amour pouvait nous délivrer de nos problèmes.

— François, murmura-t-elle... Ne me laisse plus si longtemps seule... Je suis capable de te détester, tu sais.

— Je t'assure que...

— Non. Tes raisons, je les connais. Mais tu es là... Je ne veux pas que nous nous disputions... maintenant.

Elle rit, avec une soudaine inconscience qui balaya mes craintes. Nous redevînmes des amants puérils qui découvraient la joie des caresses après l'affrontement de la volupté.

— Je t'ai attendu tous les jours, dit-elle. Je n'osais plus sortir, quand la mer était basse. J'ai vécu cloîtrée, comme une moniale. Même la nuit, j'espérais que tu viendrais.

— Tu as travaillé ?

Elle se tourna vers moi ; nos yeux étaient si proches qu'ils en paraissaient un peu monstrueux.

— Travailler ! Tu t'imagines qu'on peut travailler quand on guette tous les bruits, quand on entend sonner toutes les heures ? Si tu m'aimais, mon petit François, tu ne me poserais pas de pareilles questions.

— Mais... je t'aime.

— Non, puisque tu peux vivre comme si je n'existais pas.

Et c'était vrai, je ne l'aimais pas de cet amour-là, de cet amour de sang et de trouble. Et je me demandais, en regardant ses prunelles grises, brillant, vues de si près, d'un éclat mouillé de coquillages, de combien d'amours est fait l'amour.

— Je vais, je viens, dis-je. Je pense à toi... par en dessous.

Du front, elle me heurta le front.

— Idiot chéri. Par en dessous, ça veut dire que tu te souviens de moi. Mais on ne se souvient que des absents ! Moi, je te sens là, toujours. Quand la porte grince, c'est toi. Quand le plancher craque, c'est toi. Et quand, par hasard, je ne te trouve plus, je me clos, je me concentre, et tu réapparais. Est-ce qu'il ne t'arrive jamais d'avoir brusquement envie de moi ?

— Oh si ! Souvent.

— Eh bien, c'est qu'à ce moment-là, je t'attire à moi. Et tu vois, je savais que tu viendrais ce matin. Toute la soirée, je me suis appliquée, de toutes mes forces.

— Tu crois à la télépathie ?

— Oui, parce que je crois à l'amour.

Nos souffles se mêlaient. Je n'avais qu'à allonger les lèvres pour toucher les siennes. Nous chuchotions comme des conjurés et c'était bien d'une conjuration qu'elle m'entretenait sans réussir à me convaincre.

— Tu ne m'abandonneras plus ?

— Voyons, dis-je méchamment, comment pourrais-je t'abandonner puisque tu as le pouvoir de me ramener ici à volonté ? La vérité, c'est que je suis ton prisonnier.

— Ne te moque pas. Je n'aime pas ta tournure d'esprit. Vial parlait comme toi. Quand reviendras-tu ?

Le charme était rompu. Il allait falloir discuter, lui prouver que les vaches de Girardeau avaient besoin de moi, que je devais passer d'urgence à la ferme de Grand-Clos. Elle n'admettait pas les horaires strictement découpés, les emplois du temps rigides. Peut-être se doutait-elle que je m'abritais derrière ces obligations pour défendre ma liberté ? Peut-être devinait-elle que, sur l'autre rivage, j'étais un autre homme, méfiant, tourmenté, toujours sur le point de lui échapper ?

— Le plus tôt possible, dis-je.

— Mais tu as envie de revenir ?

Je l'embrassai pour lui cacher mon irritation. Elle me paraissait niaise quand l'angoisse la rendait ainsi pressante et indiscrète. Puis je me rhabillai.

— Est-ce que tu soignes Nyété comme j'ai recommandé ?

— Tu ne m'as pas répondu, dit-elle.

— Je suis responsable de cette bête.

— Non. Tu es responsable de moi d'abord. Nyété est malade parce que tu me rends malade.

Je ne pus m'empêcher de sourire. Je ne compris que beaucoup plus tard à quel point Myriam avait parlé sérieusement. Elle se leva, s'enveloppa dans sa robe de chambre et ouvrit la porte au guépard.

— Ronga aussi est malade. Nous sommes malades toutes les trois à cause de toi... Viens prendre un peu de café.

— Mais il est presque midi, observai-je. Voilà

pourquoi vous êtes malades. Vous mangez n'importe quand, n'importe comment.

— Moi, j'ai envie de café !

Elle dévala l'escalier en sifflant comme un homme, tandis que le guépard bondissait autour d'elle. Je descendis à mon tour et entrai dans le living. Tout de suite, machinalement, je cherchai des yeux le tableau qui aurait dû être encore face au mur. Mais il avait disparu. « Elle l'a détruit », pensai-je. C'était ridicule. Pourquoi l'aurait-elle détruit ? Je tendis l'oreille. Dans la cuisine, Myriam remuait des tasses. Très vite, je fouillai parmi les toiles entassées un peu partout. Je me rappelai le format du tableau ; s'il avait été dans la pièce, je l'aurais repéré du premier coup. La carrière rougeâtre, les wagonnets rouillés, je revoyais chaque détail avec une précision extraordinaire, et je m'acharnais, en silence, comme s'il avait été capital pour moi de mettre la main sur cette peinture. En un sens, c'était capital. Car les soupçons bizarres, informes, qui m'avaient, pendant un temps, assailli, étaient en train de reprendre vie et il me fallait une certitude.

— Tu le veux fort ? me cria Myriam.

Je répondis d'une voix polie :

— Naturellement.

La sottise de cette recherche m'emplissait d'une sorte de honte mais j'étais incapable de retenir mes mains. Je me déplaçais comme un cambrioleur. Rien sur les tables. Maladroitement, je fis basculer une pile de dessins qui s'éparpillèrent, entraînant des crayons, des carnets de croquis.

— Qu'est-ce que tu fabriques ? demanda Myriam.

— J'essaye de dénicher une chaise libre.

Je regroupai les dessins, rassemblai les carnets. Du

dernier, glissèrent deux photographies. Je les ramassai et restai à demi courbé, comme privé de vie. La première était celle d'Eliane. Ma femme, un sécateur à la main, se penchait sur un rosier. Elle avait été prise de profil, à plusieurs mètres, probablement de la grille. Elle portait sa robe de laine grise. La seconde... La seconde photo représentait l'angle de la maison et le puits.

— Je m'excuse, chéri, lança Myriam. Je te fais attendre. Je ne sais pas où est passée Ronga.

Je fourrai les photos dans le carnet et j'essayai de bourrer ma pipe. Mes doigts tremblaient tellement que je dus y renoncer. Je me plantai devant le chevalet. J'ai totalement oublié quelle était la toile commencée. J'entendis les tasses qui s'entrechoquaient sur le plateau et le menu claquement des mules de Myriam.

— Tu aimes ? fit Myriam.

— Oui, beaucoup.

— Je crois que le mouvement est bon.

Je lui tournais le dos et, pour m'approcher du plateau, il me fallut faire un effort terrible. Myriam versait le café, d'un geste gracieux. Ses cheveux teints en blanc lui donnaient un air de marquise. Le guépard s'était allongé à ses pieds. Une mouche volait dans les rideaux. Je dormais. Je dormais sûrement. J'allais me réveiller chez moi et la vraie vie recommencerait.

— Deux sucres ?

Les morceaux tombèrent dans la tasse.

— Pour Nyété, reprit Myriam, je t'assure que je ne néglige rien. Mais il y a des moments où elle m'inquiète. Je ne peux pourtant pas la sortir. Elle serait capable de tuer un chat ou un chien. Tu vois quels ennuis j'aurais !

J'écoutais sa voix; je regardais son visage. C'était bien Myriam, la femme que je connaissais, que j'aimais.

— Elle a peut-être besoin d'un mâle, dit-elle.

Et cette réflexion, soudain, me fit horreur. Je posai ma tasse.

— Il est tard. J'ai juste le temps...

Je me serais enfui, si j'avais osé; pourtant, je savais que je reviendrais, que je l'interrogerais, que j'essayerais d'aller jusqu'au bout. Elle m'entoura la taille de ses bras, appuya sa tête sur ma poitrine.

— François... je ne peux pas me passer de toi, François. Peut-être parce que je ne peux pas te garder. Maintenant, je vais attendre... attendre. C'est ma vocation d'être veuve!

Je l'embrassai dans les cheveux et fis semblant de me sauver, comme un homme accablé de chagrin, mais je fus heureux de me réfugier dans la 2 CV. J'avais hâte d'être seul, pour réfléchir... Les photos m'apparaissaient, sur le pare-brise, comme sur un écran. La rose... le bras tendu... le sécateur... le puits... Eliane... Le puits... La route, heureusement, était peu encombrée. Je conduisais comme un robot, sans rien voir. Il n'y avait plus, devant les yeux de ma mémoire, que ces deux photographies, si nettes que je remarquai l'ombre d'Eliane, toute noire, sur le sol de l'allée. La photo avait été prise, probablement, au début d'un après-midi. Par qui? Sûrement pas par Myriam. Elle était trop indolente. Et surtout elle n'aurait pas couru le risque de me rencontrer. Elle savait trop bien que j'aurais rompu tout net. Alors, par Ronga?... C'était forcément cela. Myriam désirait tellement être renseignée! Déjà, elle avait dessiné ma maison... Je me rappelai le croquis que j'avais rectifié... Elle avait envoyé Ronga qui avait photographié Eliane, à travers les grilles. Mais le puits?... Pourquoi le puits?... Et pourquoi le tableau de la carrière avait-il disparu?

J'arrivai au Gois. L'eau commençait à recouvrir la route. Je m'étais trop attardé. Ce nouveau coup me démolit complètement. Je me sentis épuisé, comme si j'avais beaucoup saigné. Je descendis à pied jusqu'au bord de la pente. Déjà, le courant s'étirait entre les balises, traçant de longues bandes plus claires, le long desquelles la mer écumait. L'autre rive était inaccessible. Je calculai rapidement. Il me serait impossible de passer avant neuf heures du soir, et même neuf heures et demie. Je songeai à téléphoner. Autrefois, mon travail m'avait assez souvent retenu loin de chez moi des journées entières. Mais c'était avant Myriam. Avant l'accident... En ce temps-là, il ne me serait même pas venu à l'idée de m'excuser. Il n'y avait pas encore eu, entre Eliane et moi, ce rapprochement de tendresse qui venait de marquer les jours précédents. Maintenant, le téléphone me faisait peur. Eliane me sentirait plein de réticences et s'inquiéterait. Seul, au bord de la grève, je contemplai le rivage opposé qui se creusait vers Bourgneuf, se perdait dans une vibration de l'air. J'étais là, impuissant, et pendant ce temps Eliane était exposée à... je n'aurais pu préciser à quoi. J'avais cependant l'impression qu'elle était vaguement en danger. Je plongeai ma main dans l'eau et je la regardai sécher, stupidement. Cela faisait comme un gant de fraîcheur qui comprimait un peu la peau. Je remontai à pas lents vers la voiture. Je me serais aussi bien laissé tomber parmi les courts chardons de la dune. J'étais ivre de vide. Pas question de revenir au

Bois de la Chaise. Je n'avais aucune envie de revoir Myriam. J'avais trop de choses à tirer au clair. Traverser en barque? Mais le courant m'aurait emporté au milieu du golfe. Chercher un marin, à Barbâtre? Et lui expliquer quoi?... Mes pensées aussi étaient malades. Je me remis au volant. Le plus simple était de revenir en arrière et de m'arrêter quelque part, de l'autre côté de l'île, en face du large. Je trouverais bien un creux, dans le sable, où dormir jusqu'au soir.

Je traversai donc Barbâtre et stoppai un peu avant la plage de La Guérinière. De ce côté, l'Océan montait à l'assaut des dunes en hautes vagues qui s'écroulaient, à perte de vue, dans un poudroiement d'embruns et de soleil. Je fouillai mon vide-poches, en quête de mes lunettes noires, et finis par les trouver sur le siège arrière, parmi des boîtes de médicaments. Le livre était là : *L'Afrique insolite.* J'hésitai puis le mis sous mon bras et je dévalai vers la plage. Longtemps, je marchai à la limite du flot ; je sentais sous mes pieds l'ébranlement des lames quand elles basculaient en grondant. Leur fracas m'emplissait la tête. Le vent me poussait à l'épaule. J'avançais dans un jaillissement d'insectes gris qui volaient comme des graines. Devant moi, derrière moi, il n'y avait personne, et pourtant j'avais peur. Ce n'était pas la peur physique ; c'était quelque chose de plus secret et presque d'inavouable, comme si le soleil avait été un faux soleil et l'espace, un décor. A la fin, je m'abattis sur le sable, la tête entre les bras... Le puits... la carrière... Quel rapport? Pas de rapport possible. Sur ce point, je resterais intransigeant. C'était un peu mon honneur qui était en jeu. Jamais je n'accepterais de faire crédit à des contes. Cependant, je me devais de regarder les faits. Heller s'était tué dans des circonstances mystérieuses, alors que Myriam venait de peindre la carrière. D'autres que moi avaient fait ce rapprochement. D'après Vial, le meilleur témoin, Myriam avait dû partir parce qu'on la tenait pour responsable. Cela, c'était le premier groupe de faits. Il y avait le second : Eliane était tombée dans le puits, ce puits dont elle ne s'approchait jamais, dont elle semblait même se méfier, comme si un mystérieux pressentiment l'en avait toujours écartée. Et justement, je venais d'en avoir la preuve, Myriam possédait l'image de ce puits... Alors ? Quelle conclusion tirer de là ?... Non, je ne pouvais pas, je n'osais pas, je ne voulais pas... Pourtant, je savais que Myriam avait souhaité la mort de son mari ; elle me l'avait dit. Et il était bien probable qu'elle avait aussi souhaité celle d'Eliane. Et Heller était mort... Et Eliane avait failli mourir... Hasards ?... On m'avait appris à me méfier du hasard. On m'avait enseigné à observer, à déceler partout le jeu des causes et des effets... Vial lui-même, Vial le sceptique, avait été réticent. Je me rappelai toutes ses paroles et notamment cette phrase : « Il faut avoir vécu en Afrique. » La chaleur ronflait dans ma tête. J'avais l'impression d'être devenu un accusé, cherchant vainement à découvrir une issue. Je m'endormis, sans perdre tout à fait la conscience de mon corps, des grains de sable qui parcouraient mon visage comme des doigts et des coups de tonnerre du ressac. J'errai longtemps dans ce sommeil qui me protégeait sans me rendre la paix. Je revins à moi à cause d'un bruit insolite. J'entendais un froissement de papier et je me souvins du livre. Quelqu'un le feuilletait... J'entrouvris les yeux. J'étais seul. C'était le vent qui tournait les pages. Il était cinq heures. La mer descendait. Je me mis debout, paresseusement. J'en avais assez de penser. Je ramassai le livre et cherchai dans la dune un abri confortable. Ma pipe. Mes allumettes. Je lus d'abord la table des matières... les guérisseurs... les féticheurs... les rites... les oracles... les sorciers... Tout cela était pour moi lettre morte, mais il se dégageait de ces mots je ne sais quel attrait puissant... On aurait dit qu'ils répondaient à mes questions. Bien calé dans le sable chaud, je me plongeai dans la lecture. Et le temps coula comme un rêve. La lumière pâlit ; la grève s'élargit ; le soleil devint rouge. Je lisais toujours, marquant de l'ongle les passages les plus caractéristiques. C'était donc ça, l'Afrique ? Ce ramassis de légendes, de croyances, de superstitions, de phénomènes absurdes ? Il n'était pas un seul chapitre qui ne provoquât en moi un sursaut d'incrédulité, un mouvement de colère, une protestation passionnée. L'auteur avait beau multiplier les témoignages, recouper des observations par d'autres observations puisées aux meilleures sources, je niais, je niais de toutes mes forces. Myriam ne pouvait pas être mêlée à ces histoires stupides d'envoûtement, de possession, d'action à distance... L'action à distance ! Evidemment, cela expliquait tout. Mais jamais, moi, praticien rompu aux disciplines de la médecine, je ne prendrais au sérieux une explication aussi dérisoire. Je fermai le livre d'un geste sec. J'étais furieux contre moi-même. Il était tout près de huit heures. Je me brossai, m'étirai, regardai encore une fois la mer qui prenait sa teinte bleu de nuit. J'étais Rauchelle. Je rentrais chez moi. Ma femme m'attendait. Il n'y avait que cela de vrai au monde.

Je mis le livre dans le vide-poches et démarrai. Le Gois était toujours sous l'eau, mais trois voitures étaient déjà arrivées. Je pris la file, et rêvassai. L'auteur du livre était un universitaire aux titres nombreux. Pas du tout un mauvais plaisant. Lui aussi avait voulu en avoir le cœur net. Il était allé là-bas plein de préventions. Ses préventions étaient tombées une à une. Il disait bien, d'ailleurs : « Je n'explique pas. Je constate ! » Un peu comme Vial. Mais est-ce qu'il ne se complaisait pas à constater ? Si j'avais été en Afrique avec Myriam, est-ce que, par amour pour elle, je n'aurais pas tout accepté ? On peut être un homme distingué et se laisser entraîner par son imagination. Non. Ce témoignage ne valait rien. Tant que je n'aurais pas sous les yeux une étude approfondie, conduite scientifiquement, je ne me rendrais pas. Bien sûr ! Les sacrifices sanglants, les meurtres rituels, cela existait. Je le savais. Les journaux étaient pleins de ces faits divers incompréhensibles. Moi-même, j'avais vu des courts métrages sur l'Afrique qui m'avaient bouleversé. Et je devais, tous les jours, lutter dans le marais contre les superstitions des fermiers. Eux aussi, croyaient aux présages et aux sorts. J'étais bien placé pour voir, pour toucher du doigt qu'ils se trompaient.

La file s'ébranla. De ce côté de l'île, la mer était plate, laiteuse. On avait l'impression de rouler sur les eaux. Je n'étais plus inquiet, depuis qu'en moi cette discussion s'était ouverte. Et parce que j'avais balayé les arguments du livre, Myriam semblait avoir perdu sa séduction la plus subtile. Une fois de plus, en regagnant la terre, je me sentais solide, épais, sûr de moi. Je doublai les trois voitures.

Je m'arrêtai devant le garage. Il y avait de la

lumière dans la cuisine. Je poussai la lourde porte à glissière et rentrai en emballant le moteur, pour donner à mon retour quelque chose de plus alerte, de plus pressé. Eliane ouvrit la petite porte, au fond du garage. Elle était calme, à son habitude.

— Je suis crevé, m'écriai-je. Quel métier ! Douze heures que je trime !

Je claquai la portière, d'un air excédé. Il ne faut pas me juger trop mal. J'étais vraiment excédé. Je ne jouais pas un rôle. Je ne mentais pas. Je me plaignais de bonne foi. Eliane m'embrassa, mais Tom recula devant moi, les poils de l'échine dressés.

— Je pue le taureau, expliquai-je en riant. Comment es-tu ?

— Comme ça.

— Allons vite manger. Je vais me décrasser et je reviens.

J'avais eu tort de redouter cet instant. Pour Eliane, ce jour avait été semblable aux autres. Elle me raconta, en dînant, ce qu'elle avait fait, ces mille riens qui l'occupaient jusqu'au soir.

— Pas trop fatiguée ?

— Non.

Pendant qu'elle desservait, j'allumai ma pipe. J'avais oublié Noirmoutier. Je ne songeais plus qu'à mes visites du lendemain. Cependant, avant de rejoindre Eliane dans la chambre, j'allai chercher le livre, qui contenait une abondante bibliographie, et j'expédiai à mon libraire de Nantes une longue commande : Frazer, Casalis, Burnier, Arbousset, Ségy, Christine Garnier, Dieterlen, Laydevant, Soustelle, le Père Trille, je pense que je demandai — vous serez sûrement de mon avis — tout ce qui est de quelque

93

importance. Il me parut que je m'étais acquitté d'un devoir urgent. Je me couchai, presque satisfait de moi.

— Tu ne t'es pas ennuyée? demandai-je à Eliane. Je suis désolé de rester si longtemps dehors, mais cette épidémie me donne bien du mal. Et ce n'est pas fini!

— Est-ce que tu viendras déjeuner, demain?

Le ton d'Eliane était celui d'une bonne ménagère qui prépare déjà son menu. Je pris à peine le temps de réfléchir. Puisque j'étais résolu à retourner là-bas pour mener une sorte d'enquête, mes voyages à Noirmoutier se trouvaient moralement justifiés; je me sentais, d'une certaine manière, moins acculé à dissimuler.

— Je ne crois pas, dis-je. Il faut que j'aille assez loin, mais je m'arrangerai pour revenir moins tard. Bonsoir, chérie.

Je me levai de bonne heure, le lendemain, et, pendant que le café chauffait, je fis un tour de jardin. J'aime, le matin, sonder le temps, respirer les premières odeurs, deviner les intentions du vent, flairer son humeur. La mère Capitaine, déjà debout, se préparait à conduire sa chèvre aux champs. Nous bavardâmes. La vieille, depuis l'accident, nous avait pris sous sa protection. J'en étais souvent agacé mais cette sollicitude allait peut-être me servir. Je commençai donc à la questionner avec un détachement apparent. Mais d'abord, je lui expliquai que les vacances de Pâques allaient m'amener des clients de la ville. J'aurais certainement des chats et des chiens à soigner bientôt. Avait-elle vu, déjà, des personnes étrangères à Beauvoir tournant autour de la maison?... Non, elle n'avait vu personne. Et pourtant, elle ne s'absentait guère. A son âge, etc., etc. Bref, elle se tenait à peu près toute la journée dans sa cuisine, d'où elle apercevait la route et

94

ma maison. Je la priai de me prévenir si quelqu'un faisait mine de me chercher. Ma femme était encore fatiguée et devait se reposer le plus possible. C'est pourquoi je ne voulais pas l'ennuyer avec mes propres soucis. La mère Capitaine, ravie, me promit que je pouvais compter sur elle. Jusqu'à onze heures, je travaillai. Ensuite, je me dirigeai vers le Gois. Les voitures étaient plus nombreuses ; la plupart venaient de Paris. Je me sentis protégé. Je n'avais pas du tout mauvaise conscience, mais j'étais assez embarrassé en cherchant les questions qu'il me faudrait bien poser à Myriam. Elle se méfierait tout de suite. Et si j'avais l'air de l'accuser, ce serait la brouille, la rupture, ce qui ne résoudrait rien, puisqu'elle continuerait à agir... de loin ! Je m'en voulus aussitôt de cette pensée stupide. Est-ce qu'il ne vaudrait pas mieux lui dire la vérité et vider l'abcès d'un seul coup ? Mais je ne suis pas capable d'exprimer en quelques mots ce qui me tourmente. Ce n'est pas de la lâcheté. J'ai simplement peur de ne pas employer les mots justes, de grossir, de fausser... Dès qu'on résume, on trahit, parce qu'on se tient à distance de son propre cœur. Quand j'entrai dans la villa, je n'avais rien résolu. Je trouvai Myriam en train de peindre.

— Attends, dit-elle... Je t'embrasse, mais laisse-moi finir.

Et comme je suis très susceptible, je regrettai tout de suite d'être venu. Les mains au dos, je me promenai dans le living, comme un amateur dans une galerie d'art.

— Tiens, dis-je, je ne vois plus ton tableau... tu sais... la carrière.

— Je l'ai vendu, répondit-elle distraitement.

Je m'arrêtai net.

— Tu l'as vendu?

Elle posa sa palette sur son tabouret et vint vers moi, tout en s'essuyant les doigts à un pan de sa robe de chambre.

— Qu'est-ce qu'il y a de drôle?... Oui, je l'ai vendu à une galerie parisienne, avec tout un lot de toiles. Il faut bien que je vive. Est-ce que tu y songes, quelquefois, mon petit François?

C'était donc aussi simple que cela. Et moi qui avais imaginé...

Elle me passa un bras autour du cou.

— Tu pourrais me dire bonjour. On ne t'a jamais dit que tu étais un ours mal léché... Tu sais, j'ai fait une bonne affaire. Le directeur de la Galerie Fürstenberg m'a écrit. Il me propose d'organiser une exposition à Paris, le mois prochain. Nous allons être riches...

— Nous allons être riches? répétai-je.

— Eh bien, ce matin, tu ne comprends pas vite, mon petit François. Qu'est-ce que tu as?

Elle était sourdement excitée. La joie du succès fardait ses joues pâles. Sa peinture avait sans doute plus d'importance que mon amour.

— J'ai calculé, reprit-elle. En travaillant bien, je peux gagner dans les trois millions par an, pour commencer. Toi, qu'est-ce que ça te rapporte, ton métier?

J'étais à la dérive.

— Autour de cinq millions, dis-je.

Elle battit des mains.

— Tu vois... Nous irons à Dakar. Nous achèterons une grande propriété. Là-bas, une grande propriété, c'est autre chose qu'en France! Représente-toi tout le

Bois de la Chaise autour de la maison. Tu auras une grosse voiture tout terrain, pour tes tournées. J'irai avec toi. On emmènera Nyété... Tant que je n'étais pas sûre de vendre ma peinture, je n'osais pas faire trop de projets. Mais maintenant !...

Elle m'embrassa avec emportement.

— Ronga ! cria-t-elle... Ronga !... Elle devient sourde, ma parole... François j'ai envie de boire du champagne avec toi.

Elle sortit d'un pas dansant, en faisant claquer ses doigts comme des castagnettes. Je n'aurais plus le courage de parler. Pour la première fois, je la haïssais. Je haïssais tous ces plans qu'elle avait dressés sans moi, comme si je n'avais, moi, qu'à lui obéir, comme s'il n'y avait plus d'obstacle entre elle et moi. Ce fut alors que je me rappelai le carnet de croquis. Il étais là, où je l'avais laissé la veille. Mais les photographies avaient disparu.

6

Deux jours plus tard, je fus heurté, près de Challans, par la camionnette d'un mareyeur des Sables. Le choc fut assez violent. La 2CV, en piteux état, dut être remorquée jusqu'au plus proche garage, et moi, rudement touché à la tête, je fus ramené à la maison. Le Dr Mallet me posa trois agrafes. Au total, plus de peur que de mal, mais, pendant une semaine, je gardai la chambre. Ce petit accident, chose curieuse, me fit plutôt plaisir. Il était si évidemment fortuit, je veux dire : il s'expliquait d'une manière si simple, que, par ricochet, il enlevait à celui d'Eliane tout caractère ambigu. Je savais maintenant comment, en un clin d'œil, on frôle la mort. Une minute avant, j'étais parfaitement maître de moi, nullement distrait, je ne pensais même pas à Myriam. Une minute après, j'étais évanoui et sanglant. Le mareyeur n'avait pas la priorité. Toute la responsabilité lui incombait. Si l'inverse s'était produit, j'aurais été troublé. La collision aurait fait partie d'un ensemble de faits bizarres et, dans une certaine mesure, anormaux. Mais elle appartenait, au contraire, à une série de faits indépendants ; elle se situait hors du cercle, en quelque sorte, et je me sentais délivré d'un poids, d'un doute, de je ne sais quelle crispation incontrôlable. Myriam n'avait pas voulu l'accident. C'était un point acquis. Mais surtout Myriam n'avait pas su l'éviter. Son amour ne m'avait pas protégé. Ainsi formulés, je vois bien que de tels raisonnements peuvent paraître aberrants. Mais, justement, ce n'étaient pas des raisonnements. Dans le silence de la chambre, la tête bandée, mes membres encore froissés et douloureux, j'étais incapable de réfléchir, au sens strict du mot. Mais j'étais sensible au pouvoir de certaines images : Myriam, Eliane et moi, nous étions comme des astres dans l'espace et nos évolutions obéissaient à des lois éternelles et non pas à un type de gravitation, à une forme d'attraction inconnus. Cette nouvelle certitude, elle était dans ma chair plus que dans mon esprit et entretenait au fond de moi une bonne humeur, un entrain qui surprenait le docteur. Eliane me soignait de toute sa tendresse vigilante. Comme je l'aimais ! Ce qui ne m'empêchait pas de penser, avec un élancement de joie : Myriam est innocente. Quelquefois, je faisais semblant de dormir, pour mieux me démontrer, paupières closes, que mes inquiétudes avaient été vaines. Car les photos, les fameuses photos que j'avais considérées comme la preuve à conviction la plus décisive, au fond, ne signifiaient rien. Elles auraient dû plutôt me rassurer en me prouvant que Myriam m'aimait au point de chercher une consolation dans ces pauvres images. Il m'arrivait aussi de me dire : « Et maintenant ? » J'avais beau m'efforcer de repousser cette question, elle bourdonnait autour de moi comme une guêpe. J'avais cru Myriam dangereuse et mon amour pour elle s'était nuancé de réprobation ; encore un peu, et j'aurais peut-être cessé de l'aimer. Maintenant, ma passion reprenait des forces à mesure que j'entrais en convalescence. Bientôt, il faudrait choisir... et j'essayais, parfois, de choisir... pour voir... Eliane venait, penchait sur moi ses yeux pleins de douceur... Ne plus être avec elle, jamais. Ah! c'était trop atroce!... Mais quand j'évoquais Myriam, quand j'entendais sa voix, quand je sentais son corps contre le mien, la simple idée du renoncement me tordait le ventre.

Les premiers livres que j'avais commandés arrivèrent et ils eurent sur moi un effet que je n'avais pas prévu. Je me levais, alors, et je lisais, l'après-midi, dans mon bureau où Eliane avait déployé une chaise longue. Certains contenaient des photographies de l'Afrique : paysages, villages indigènes, masques de sorciers. Certes, le texte m'intéressait, mais je fus très vite las de ces études savantes, de leur terminologie barbare, tandis que mon imagination se complaisait à courir entre les cases, à danser avec les féticheurs ou à flotter sur les fleuves puissants, parmi les crocodiles. L'Afrique surgissait de ces pages telle que Myriam me l'avait décrite, telle que je l'avais vue, sur ses toiles, crue, intense, avec son odeur de sève et de sang. Les promesses de Myriam me revenaient en mémoire : « Nous irons là-bas... tu auras une voiture tout terrain... » Je fermais les yeux et je roulais dans une Land Rover... C'était de l'enfantillage, du romanesque de pacotille! Je n'en étais pas dupe, d'ailleurs. Mais tout m'était bon, qui nourrissait mon besoin de revoir Myriam. Autant *L'Afrique insolite* m'avait écarté d'elle, autant les ouvrages que je feuilletais maintenant me disaient qu'elle était là, tout près... et je finissais par me lever pour aller jusqu'à la fenêtre. Le Gois

100

étincelait dans la lumière d'avril. Là-bas, comme un navire à l'ancre, l'île m'attendait. J'appuyais mon front sur la vitre froide, puis je revenais m'étendre en soupirant. J'apprenais des choses surprenantes. Les voyageurs affirmaient que certains sorciers sont capables de revêtir, la nuit, la forme de leurs animaux-totems. En 1911, une dizaine d'hommes-panthères furent arrêtés au Gabon. Ils avaient tué et dévoré une jeune femme. En 1930, deux cent dix indigènes furent compromis, au Sénégal, dans une affaire de crime de sorcellerie... Ailleurs, c'était un missionnaire qui avait vu des Noirs capables de se dédoubler et d'être présents, à la même minute, en deux endroits différents... Ou bien encore, je découvrais que les sorciers, selon une croyance généralement répandue, se servaient des morts pour terroriser les vivants... L'action à distance était l'une des pratiques les plus connues. Le N'nem est celui, ou celle, qui est possédé par l'Evur. L'Evur est une force intérieure indépendante de la volonté du N'nem. Elle dirige ses actions et lui donne le pouvoir d'exécuter des choses en apparence extraordinaires... Je tournais les pages, curieux, presque amusé... Victor Ellenberger raconte que, chez les Cafres Tembous, les femmes sont souvent atteintes d'une sorte de possession, analogue à un délire, le Mothéké-théké, qui peut durer des mois entiers, et les pousse souvent à des actes criminels. Dans les périodes de crises, elles peuvent rester longtemps évanouies, perdent la mémoire et éprouvent des douleurs lancinantes dans la tête...

Je réservais toujours mon jugement. Les témoignages étaient impressionnants. Il y en avait signés de noms illustres, comme celui d'Albert Schweitzer. Mais précisément il y en avart trop. Je grognais tout seul : la preuve ?... La preuve ?... Quand je fermais les livres, abruti de citations, de références, de descriptions, j'étais surpris de me retrouver dans mon bureau. Surpris et heureux. Ici, j'étais à l'abri. Je voyais, dans ma bibliothèque, mes manuels d'étudiant, mes traités de physique et de chimie. Et je disais non à cette Afrique de cauchemar. Ce n'était pas la bonne, celle de Myriam. Eliane, à cinq heures, m'apportait un plateau. Elle buvait du thé. Moi, je préférais une tasse de café noir, brûlant.

— Ferme tes bouquins, mon chéri, me disait-elle. Repose-toi.

Jamais elle ne chercha à savoir ce que je lisais. D'avance, le format, l'épaisseur de ces ouvrages la rebutaient. Elle n'a jamais été curieuse. Les rares livres que j'ai vus à la maison étaient toujours des petits feuilletons gentiment sentimentaux qu'elle parcourait sans conviction. Après le dîner, je lisais encore une heure. Comme je fais sérieusement tout ce que j'entreprends, je notai sur des fiches les passages les plus caractéristiques, et je les classai par rubrique : *Envoûtement, voyance, bilocation,* etc. Il me semblait qu'en procédant ainsi, j'achevais de détruire mes anciens soupçons. Quand vint le moment de reprendre mes occupations, j'avais acquitté Myriam. C'est pourquoi j'étais tellement anxieux de retourner à Noirmoutier. Coupable, je l'étais toujours envers Eliane, mais voilà que je l'étais davantage envers Myriam. La voiture avait été remise à neuf. La basse mer se situait un peu en fin d'après-midi. C'était l'heure la plus propice. Je partis, bien décidé, cette fois, à l'interroger sur ses rapports avec les indigènes. Vial avait sûrement exagéré.

Je trouvai Myriam préoccupée et distraite. Nyété refusait toute nourriture. Elle était couchée, dans l'ancienne buanderie qui faisait suite au bûcher. Là, Myriam lui avait aménagé une retraite où la bête mangeait et dormait. Ce fut à peine si Myriam s'inquiéta de ma santé. Elle me mit tout de suite en garde : Nyété ne se laissait pas approcher facilement, depuis la veille. Ronga pleurait, assise sur ses talons. Le guépard gronda quand je mis un genou à terre et je compris qu'il fallait être prudent. Je commençai à lui parler, cherchant les inflexions les plus apaisantes, puis je lui touchai la nuque, franchement. Nyété accepta le contact.

— Est-ce qu'elle boit ?

— Beaucoup.

Pas question de l'examiner à fond. La bête était trop nerveuse. A mon avis, elle souffrait du foie parce que Myriam s'entêtait à la nourrir comme une personne, et sous prétexte qu'elle-même aimait les friandises, elle la bourrait de sucre et de chocolat.

— J'ai peur qu'elle ne devienne méchante, dit Myriam.

Je me relevai, assez perplexe. J'aimais bien Nyété, mais j'aurais préféré la voir dans un zoo. Myriam était beaucoup trop négligente pour s'occuper convenablement d'un animal, surtout d'un fauve. Mais cela, je devais le garder pour moi.

— Diète, dis-je. Pas de lait, pas de sucre ; juste quelques os à ronger. Après, on avisera.

Au regard qu'elle me jeta, je devinai que Ronga était

d'accord avec moi. Mais Myriam n'était pas convaincue. Je l'entraînai dehors.

— Cette bête est captive, ajoutai-je. Tout le mal
vient de là... Tu ne crois pas?... Un jour, tu m'as parlé
d'herbes, de remèdes africains. Veux-tu que j'écrive à
un confrère de là-bas?

— Il ne saurait pas.

— Et tu sais, toi?

— Oui.

— Qu'est-ce que tu sais, au juste?

— Tu ne comprendrais pas. Il faudrait que tu sois
sur place, que tu voies... Oh! et puis, je t'en prie,
François... Il arrivera ce qui arrivera!

Nous montâmes au premier et Myriam s'installa sur
le balcon. Il faisait chaud. L'air sentait la résine.

— Je n'aime pas les odeurs d'ici, dit-elle. Ça me
donne la migraine.

— Tu as beaucoup fréquenté les Noirs, autrefois?

— Oui, beaucoup. Nous avions une servante,
quand j'étais toute petite... N'Douala... C'était une
femme extraordinaire. J'étais toujours fourrée avec
elle. Mon père n'était jamais là. Ma mère sortait
beaucoup. Alors, N'Douala me traitait comme sa
fille.

— En quoi était-elle extraordinaire?

— Elle connaissait tout... Toutes sortes de secrets...
pour faire pousser les fleurs, par exemple, ou pour
arrêter la pluie.

— C'est sérieux?

Myriam croisa les mains sous sa nuque et regarda le
ciel, à travers les pins. Puis elle se mit à fredonner un
air étrange, qui ressemblait à une mélopée arabe.

Ya nge ntjia shénya, shénya,
Ni shénya mushénya nungu
Ni shényéla ku malundu
Ya nge ntjia shénya, shénya...

— Ça, dit-elle, c'est pour écarter les esprits du soir. N'Douala chantait cette chanson près de mon lit. Il y en avait une autre, pour retenir un fiancé volage.

Mundia, mul'a Katéma
Silumé si kwata ku angula
Mundia mul'a Katéma...

— Celle-là, je la chante tous les jours, mais je commence à croire qu'elle n'est pas efficace.

Ses yeux se mouillèrent de larmes. Je lui pris la main.

— Laisse, murmura-t-elle. Ça ne fait rien. Je retournerai là-bas seule.

— Myriam...

— Mais non, mon chéri. Je t'assure. Cela n'a plus d'importance... Tu en as assez de moi. Très bien. N'en parlons plus.

— Tu es fâchée parce que je ne suis pas venu... Mais j'étais au lit... Tu as vu ma cicatrice, que diable!

— Bon prétexte.

— Soit. Je me suis fait emboutir par un camion exprès.

— Enfin, François, qu'est-ce qui te retient auprès de cette femme, puisque tu m'as dit que tu ne l'aimais pas?... Tu me l'as dit... Oui ou non?

— Oui.

— Et c'est vrai?

J'hésitai à peine.

— Oui.

Elle n'insista pas. Elle attendait et le silence devenait insoutenable. C'était à moi de parler, de prendre une initiative quelconque. Plus je laissais passer le temps, plus je faisais la preuve de ma lâcheté.

— Tu vas regarder ta montre, dit-elle enfin. Tu vas soupirer, te lever comme si tu étais désolé de partir... Et tu fileras bien vite, comme si tu avais peur d'attraper une maladie honteuse. Et quand tu seras chez toi, tu m'en voudras... de tout ! Vous êtes tous pareils... Va-t'en, mon petit François. Je me débrouillerai, avec Nyété.

Elle me congédiait. J'avais soudain envie de l'insulter, de la frapper, mais surtout j'en avais assez de moi, de cette espèce de passivité, de paralysie de l'esprit qui devait me donner un air buté et sournois. Je me voyais et j'étais écœuré. Je pris le parti de paraître désinvolte. Je me levai, je faillis soupirer comme elle l'avait prévu ; en passant derrière elle, je lui serrai amicalement l'épaule.

— Demain, ça ira mieux, dis-je.

Ma voix était bête. J'étais bête. Un paysan tout juste bon à soigner des vaches. Ronga m'arrêta, au perron.

— Qu'est-ce qu'on fait, pour Nyété ?

— Demandez-lui, m'écriai-je. Elle trouvera bien une chanson pour la guérir.

Je claquai la grille et repris le chemin de Gois, incapable de maîtriser le tremblement de mes poignets. Cette fois, c'était bien fini. J'étais malade de rancune. Le soir, après des heures de travail, je revins chez moi, pas du tout calmé. Pour la première fois, je chassai Tom d'un coup de pied parce qu'il grognait, en me flairant. Je balançai sur le haut de la bibliothèque les livres qui encombraient mon bureau. J'en avais par-dessus la tête, de tout ça! J'envisageai même, un instant, de quitter le pays, d'aller me fixer ailleurs, à l'autre bout de la France. Le bruit de la mer m'exaspérait. J'avalai deux comprimés et dormis comme une brute. Le lendemain, ma colère s'était dissipée, laissant place à un brouillard qui ouatait mes pensées. J'étais là et je n'étais pas là, vague et mou comme quelqu'un qui a pleuré longtemps. Je reçus quelques clients, j'allai en visiter d'autres, toujours dans cet état d'absence. J'avais oublié Myriam, mais l'air qu'elle avait chanté me revenait par bouffées... *Mundia mul'a katéma...* Ces paroles incompréhensibles s'accordaient bien avec ma tristesse, devenaient une rengaine lancinante et j'éprouvais comme une angoisse quand la grêle musique s'atténuait, se dérobait... J'avais peur de la perdre... Mais non... Elle revenait d'elle-même... *Mundia mul'a katéma.* Jamais le marais n'avait été plus vert, plus immense, plus vibrant de lumière. J'étais planté en lui de toutes mes racines. Est-ce que, par lui, peu à peu, je guérirais?...

Je n'ai pas compté les jours qui s'écoulèrent après ma brouille avec Myriam. Peut-être quatre ou cinq. Peu importe! J'avais achevé ma tournée sous la pluie. Il pouvait être six heures, quand je stoppai devant le garage. Je poussai la lourde porte à glissière et, avant de remonter dans la 2 CV, j'allumai l'électricité à l'aide du commutateur placé près de l'entrée. Je m'arrête un peu sur tous ces détails car ils sont gravés dans ma mémoire avec une précision dramatique. Je franchis le seuil et stoppai presque aussitôt, étonné, en découvrant, à l'autre extrémité du garage, un grand trou noir dans le sol : la trappe de la cave était ouverte.

Or, cette trappe restait toujours fermée. J'étais le seul à descendre à la cave, et encore, très rarement.

La peur, à cet instant, m'écrasa littéralement le cœur... Eliane !... Je n'osais plus descendre de voiture, m'approcher de l'ouverture béante... La trappe avait fonctionné comme un piège. Eliane était sortie pour faire quelques courses à Beauvoir. En revenant, elle était passée par le jardin, comme d'habitude, elle avait ouvert la petite porte, en face de moi, avait poussé sa bicyclette devant elle (je voyais la scène et mon cœur cognait à grands coups pesants) et traversé en biais, dans la pénombre, pour ranger le vélo près de l'entrée de la cuisine. La fosse s'était ouverte sous ses pieds... Eliane !... J'appelai un peu plus fort : « Eliane ! ». Mon Dieu, qu'allais-je découvrir ?

Je poussai la portière et je fis quelques pas. Les marches s'enfonçaient dans l'obscurité, d'où sortait une odeur fade.

— Eliane !

Je descendis et n'aperçus que les silhouettes effondrées des vieux fûts. J'étais arrivé à temps. J'eus une espèce de défaillance, en remontant... la frayeur, la fatigue... A peine si je pus retenir la trappe qui se referma bruyamment, en soufflant au ras du sol un nuage de poussière. Immobile, bras pendants, au milieu du garage, j'essayais de rattraper ma respiration. Je n'allais tout de même pas m'évanouir parce que cette trappe... Oui, mais Eliane ne l'ouvrait jamais. La cave ne servait plus depuis longtemps...

Je venais d'éteindre lorsque j'entendis la bicyclette qui roulait sur les graviers de l'allée. La petite porte s'ouvrit. C'était comme un film projeté une deuxième fois : Eliane entrait, en tenant son vélo par la selle. Elle le poussait en direction de la cuisine. Ses pas résonnèrent sur la trappe...

Ce fut à cet instant qu'elle me découvrit.

— Tiens! Qu'est-ce que tu fais?...

Je frottai mes mains l'une contre l'autre.

— J'ai un peu bricolé, dis-je.

— Veux-tu rallumer, alors... J'ai crevé, en rentrant... Répare donc mon pneu arrière, pendant que je prépare le souper...

Elle détacha les paquets fixés sur son porte-bagages et pénétra dans la cuisine. S'il n'y avait pas eu cette crevaison qui l'avait retardée... Je démontai le pneu, ne sachant que me répéter : s'il n'y avait pas eu cette crevaison... Et puis... je commençai à réfléchir avec un peu plus de suite dans les idées. C'était forcément Eliane qui était descendue à la cave. Je m'étais affolé à cause de l'accident du puits... Sur le moment, j'avais établi une sorte de rapport entre le puits et la cave. Simple rapport d'images, parfaitement arbitraire. Franchement, si Eliane n'avait pas falli se tuer une première fois, est-ce que j'aurais eu cette réaction de panique, en trouvant la trappe ouverte?... J'achevai la réparation, malgré tout assez perplexe. Ma raison tirait en un sens, mon instinct en un autre. J'allai me laver et, quand je parus à table, j'avais repris, en apparence, tout mon calme. J'embrassai Eliane.

— Quoi de neuf?

— Oh, rien! dit-elle.

— En bonne forme?

— Oui. Maintenant je suis tout à fait comme avant. J'ai lavé, j'ai repassé... Pas trace de fatigue. Je suis allée à Beauvoir; je n'avais plus d'encaustique.

— Ça me fait penser, dis-je négligemment, que je

n'ai toujours pas fait poser un autre commutateur dans le garage. Quand tu rentres avec ta bicyclette, tu n'y vois rien.

— J'ai l'habitude, tu sais... Et puis, comme le garage est toujours vide, dans la journée, je ne risque pas de me cogner.

Au ton de sa réponse, je fus certain qu'elle n'était pas allée à la cave. Mais je n'en avais pas la preuve. Malheureusement, je n'avais pas le droit de lui poser la question. Si ce n'était pas elle qui avait ouvert la trappe, elle ne manquerait pas de s'inquiéter. Elle continuait à parler. Je l'écoutais à peine. Elle avait rencontré le notaire, maître Guérin... Je cherchais la meilleure manière de l'interroger, car enfin, il n'y avait pas plusieurs hypothèses possibles.

— Tu entends ce que je te dis? Mon pauvre François, tu es toujours dans la lune.

— Quoi?

— Quelqu'un est venu, pendant que je n'étais pas là.

— Qui?

— Je ne sais pas. Une dame. C'est la mère Capitaine qui m'a prévenue, tout à l'heure.

— Une dame?

— Une cliente, sans doute.

— Elle a laissé un mot?

— Non.

— C'est curieux, dis-je. Quelle heure était-il?

— Je ne lui ai pas demandé. Probablement autour de cinq heures. Je suis sortie vers quatre heures et demie. Elle reviendra bien, ne t'inquiète pas.

— Oh! je ne m'inquiète pas.

Mais je m'inquiétais, justement. Une dame! J'avais

tout de suite pensé à Myriam. L'idée était folle. Et pourtant elle s'imposait à mon esprit avec une évidence morbide. C'était Myriam. D'ailleurs... je calculai... oui... le Gois était praticable à partir de cinq heures...

— Reprends des fraises, dit Eliane. Elles sont délicieuses.

Je découvris la table, les fraises, Eliane qui souriait.

— En effet, fis-je... Elles sont très bonnes.

Je leur trouvai un goût de fiel et de nausée. Dès qu'Eliane se leva pour desservir, je me dirigeai vers le jardin. Savoir, savoir ! Le plus vite possible ! Je courais presque dans l'allée et Tom, croyant que je voulais jouer, se mit à bondir autour de moi. Je dus lui donner une tape très sèche sur le museau pour l'obliger à se tenir tranquille.

La mère Capitaine lavait sa vaisselle quand j'entrai.

— Continuez, dis-je, ne vous occupez pas de moi. Je ne fais que passer... J'ai eu une visite ?

— Oui. Pas longtemps après le départ de M\ensuremath{^{me}} Rauchelle... je finissais de nettoyer mes carreaux quand cette dame est arrivée. Je n'ai même pas eu le temps de lui crier qu'il n'y avait personne. Elle est entrée directement.

— Comme ça ? Sans hésiter ?

— Oui. C'est même ce qui m'a étonnée.

— Comment était-elle ?

— Je ne l'ai pas bien vue. Elle avait relevé le capuchon de son imperméable... Elle était grande, mince.

— Je ne vois pas du tout qui ça peut être.

— Un imperméable bleu.

— Vous êtes sûre ?

111

— Pour ça oui... Elle est allée vers la maison. Alors votre chien est arrivé. Il aboyait après. J'ai même cru qu'il allait lui sauter dessus. Il lui tournait autour des mollets, vous savez comment il est... S'il l'avait mordue, la pauvre femme, elle aurait eu bien du malheur. Déjà qu'elle était blessée.

— Blessée ?

— Dame, elle avait un pansement à la jambe, ou plutôt à la cheville. Un gros pansement. J'ai cru qu'elle venait vous voir à cause de ça. On ne sait jamais, quand une bête vous fait du mal, si elle est saine.

— Et après ?

— Elle a dû frapper. Elle était cachée par le coin de la maison. J'ai encore entendu le chien, mais pas longtemps. Et puis, j'avais à préparer mon souper. A mon âge, c'est vite fait, mais quand même...

— Vous ne l'avez pas revue ?

— Non. Si elle revient et s'il n'y a encore personne, qu'est-ce qu'il faudra que je lui dise ?

— Je pense qu'elle me téléphonera. Merci quand même.

Je bourrai lentement ma pipe en traversant la route. L'imperméable bleu ! Bien sûr, Myriam en possédait un. Mais des milliers et des milliers de femmes portaient un imperméable bleu. J'étais pourtant profondément troublé. Tom vint à ma rencontre en gambadant. Je m'assis sur la margelle du puits et caressai le chien. Il posa la tête sur mes genoux. Il avait vu, lui, la visiteuse, mais cette image, enfouie là, entre ses yeux pleins d'amour, était perdue pour moi... Je suis ainsi fait que les émotions m'amènent toujours à ressasser les mêmes mots, à tourner en rond autour des mêmes idées fixes, pendant des heures. Ce soir-là, je sus que je n'en aurais jamais fini avec Myriam. Il paraissait évident que la femme mystérieuse était une personne habitant la région, Beauvoir sans doute, et qu'elle était venue me demander conseil, à cause de cette morsure à la cheville. J'aurais dû m'en tenir à cette quasi certitude. Mais il y avait la trappe. Quelqu'un avait ouvert la trappe... Je ne me rappelais pas très bien tous les détails que j'avais pu donner à Myriam, au cours de nos conversations, sur les habitudes d'Eliane. J'ai rapporté, en les réduisant à l'essentiel, quelques-uns de nos propos. Il y en avait une foule d'autres. J'étais sûr que Myriam connaissait la maison dans tous ses détours... La nuit était très noire, maintenant. Eliane devait dormir. Je montai dans mon bureau, l'esprit toujours en déroute. J'allais donc être obligé de retourner à Noirmoutier. Mais non, je n'y étais pas obligé. Myriam ne portait aucun pansement à la cheville. Ce n'était pas elle. Attention ! Elle avait fort bien pu feindre d'être blessée pour avoir un prétexte, au cas où Eliane se fût trouvée là. Soit. Mais le jour du puits, Eliane n'avait vu personne. C'était un argument décisif. Donc, je n'irais pas là-bas. Cependant, je vérifiais sur le calendrier l'heure de la basse mer. N'étais-je vraiment qu'un être veule, incapable de trancher dans le vif ? Allons donc ! Personne n'était plus prompt que moi à prendre une décision, quand il s'agissait de la vie d'une bête. « C'est que tu aimes mieux les bêtes que les gens », me répondais-je. Mais ce n'était pas vrai. J'étais prêt à rompre avec Myriam, pour sauver Eliane. Sans hésitation. Seulement, pour sauver Eliane, il fallait d'abord établir que Myriam était bien coupable. Donc, il fallait retourner à Noirmoutier. J'en aurais pleuré. A force de prendre le problème par tous les bouts, je finis par m'enfoncer dans une torpeur proche du sommeil. Je gardais les yeux ouverts. Je voyais les phares dont la lueur effleurait le plafond... *Mundia mul'a katéma... silumé si kwata ku angula...* La complainte du fiancé volage! Le fichier était là, entre mon agenda et mon livre de comptes, avec ses rubriques : *Envoûtement, voyance, bilocation...* Je m'engluais dans le dégoût. J'éprouvais une affreuse impression de déchéance, comme si j'étais devenu pire qu'un voleur, une sorte de médecin marron...

Lorsque je me réveillai, j'avais la tête dans les mains et la nuque raide. Il était cinq heures du matin. Je me déshabillai sans bruit. Eliane ne bougea pas quand j'entrai dans le lit. Une fois encore, je passai en revue les preuves pour, les preuves contre... Honnêtement, je n'avais pas le droit d'accuser Myriam.

Le même jour, dès quatre heures et demie, j'attendais, sur la déclivité menant au Gois. J'étais impatient comme autrefois. Autrefois, cela représentait à peine quelques semaines. En quelques semaines, le plus grand amour de ma vie était devenu cette chose flétrie. Peut-être même n'aimais-je plus Myriam? Comment sait-on si l'on aime? J'avais lu, comme tout le monde, des histoires d'amour. Aucune ne ressemblait à la mienne. Myriam, Eliane? Que représentaient-elles pour moi? Des regrets, des remords, des doutes, des sentiments négatifs. Et pourtant, quand l'eau eut libéré le gué, je lançai mon moteur comme on cravache un cheval. J'avais hâte d'être là-bas et j'aurais voulu déjà être revenu.

7

La villa paraissait, comme toujours, endormie. Je ne voulais pas surprendre Myriam et je ne pouvais guère oublier que j'avais été congédié, si bien que je n'étais plus ni un étranger ni un familier et que je ne savais pas comment signaler ma présence. D'habitude, Nyété courait au-devant de moi. Aujourd'hui, pas le moindre bruit. Je gravis le perron ; la porte n'était pas fermée. Il n'y avait personne au rez-de-chaussée. Je toussotai. Rien. Je m'avançai vers l'escalier. Surprise désagréable : au portemanteau était suspendu un imperméable, l'imperméable bleu de Myriam. Il était pourtant naturel qu'il fût là. C'était sa place. Qu'aurais-je pensé si je ne l'avais pas vu ? Que Myriam l'avait caché, comme les photographies ! Cependant cette silhouette sombre, au bas des marches, m'impressionnait désagréablement, et je me retournai plusieurs fois, dans l'escalier. La porte de la chambre était entrebâillée : je glissai un coup d'œil à l'intérieur ; Myriam dormait ! A 5 heures ! Ensuite, elle serait debout une partie de la nuit. Absurde ! J'entrai et tout de suite je flairai un relent de pharmacie. Myriam était-elle malade ? Les volets n'étaient pas fermés, je voyais donc avec netteté son visage. Il était peut-être un peu pâle, un peu tiré, mais plus marqué par un tourment secret que par une vraie fatigue. La tristesse, que j'avais si souvent décelée sur ses traits, se montrait à cru, d'une manière si émouvante que je fus saisi de pitié. Etait-ce à cause de moi qu'elle souffrait ainsi dans son sommeil ? J'avais voulu épargner Eliane, mais avais-je bien mesuré les épreuves que, par là même, j'avais infligées à Myriam ? N'était-elle pas la victime ? Est-ce que je n'avais pas rêvé cette incroyable histoire de puits et de trappe, pour avoir un motif de nier son amour ? Car cet amour, tellement plus fort, plus douloureux, plus âpre que le mien, me gênait, me diminuait, me clouait en quelque sorte au pilori. J'étais devenu l'homme qui ne sait pas dire oui... Myriam !... Myriam chérie !... Myriam qui me bouleversait encore si profondément, surtout en cette minute où elle m'appartenait si totalement, dans la défaite du sommeil. J'aime les êtres sans défense. Il y a peut-être plus d'orgueil que de bonté dans un tel sentiment ! Mais c'est un sentiment sincère ! Je me mis à genoux près du lit. Myriam s'était couchée sans se déshabiller. Elle avait simplement jeté sur elle une couverture. La preuve de son innocence, je pouvais l'obtenir tout de suite, sans l'offenser par des questions qui n'auraient pas manqué de la mettre en fureur. Je n'avais qu'à soulever la couverture. J'hésitai. La laideur du geste me glaçait. N'aurait-il pas été plus simple, plus droit, plus honnête, de réveiller Myriam, de lui dire : « Jure-moi que tu n'as rien tenté contre ma femme », et de recevoir sa parole avec confiance ? Pourquoi mettre un point d'honneur à constater, à toucher du doigt, à juger seul, comme si j'avais été un tribunal, témoin et juge et accusateur

116

tout ensemble? Cette rage de savoir, et de savoir contre Myriam, elle me possédait jusqu'au vertige. Je soulevai la couverture. Myriam portait un épais pansement à la cheville gauche.

Pendant un long moment je restai anéanti. C'était donc vrai! Tout ce que j'avais redouté, tout ce que je me reprochais si durement d'avoir pensé, était vrai! Myriam avait voulu tuer Eliane. Il était impossible d'exprimer les choses autrement. La femme en bleu, c'était elle! Tom avait aboyé après elle, comme il aboyait après moi quand je revenais de Noirmoutier. Elle avait ouvert la trappe, risquant le tout pour le tout et croyant sans doute que je ne me révolterais pas, que j'accepterais le fait accompli! En somme, je lui avais donné le droit d'agir en refusant de prendre parti. Nous étions, maintenant, des complices. Eliane avait failli être une victime. Eliane! Ma petite Eliane!

Je laissai tomber ma tête sur le drap. Je n'avais plus la force de me relever. Je comprenais, maintenant, pourquoi Myriam avait été chassée d'Afrique, mais je ne lui en voulais pas. Tout était arrivé par ma faute. Je m'étais cru plus fort que Vial, j'avais voulu me mesurer avec Myriam. J'avais perdu. Je devais payer... Cette pensée, encore très vague, m'apporta un peu de calme. Je n'avais pas besoin d'entendre les explications de Myriam. J'étais fixé, maintenant. Je n'avais plus qu'à partir sur la pointe des pieds. Je me mis debout péniblement. Mes genoux me faisaient mal. J'allais sortir quand Myriam se réveilla.

— François... Tu es gentil d'être venu, François...
Elle se souleva et gémit.

— Je peux à peine bouger!... Viens t'asseoir...

— J'arrive à l'instant, dis-je. Qu'est-ce qui se passe ?

Elle me montra sa cheville.

— Tu vois... Nyété m'a mordue, avant-hier. Je jouais avec elle et puis tout d'un coup elle m'a lancé un coup de dents. C'est assez profond.

— Pourquoi ne m'as-tu pas prévenu ?

— Te prévenir ? Comment ?... Si Ronga avait eu ta femme au bout du fil, qu'est-ce qu'elle aurait dit ?... Non, François. Ne revenons pas là-dessus. J'aimerais mieux mourir que de te relancer chez toi !

— Mais voyons, tu peux marcher ?

— Le docteur me l'a défendu. Je l'ai fait appeler tout de suite... C'est le Dr Mourgues...

— Je connais.

— Il est très bien, très doux... Il m'a pansée... Je dois rester allongée pendant quatre ou cinq jours... Viens m'embrasser, François ! Tu n'as pas l'air content !

Je l'embrassai vite.

— Cela m'ennuie, dis-je, de te voir comme ça ! Tu ne peux vraiment pas marcher ?

— Je saute à cloche-pied dans la chambre. Ce n'est pas drôle du tout.

— Pas de fièvre ?

— Non. Mais je me sens claquée. La peur, sans doute !

— Où est-elle ?

— Nyété ?... Dans la buanderie. Ronga l'a enfermée. Tu sais, François, je vais être obligée de me débarrasser d'elle.

— Je peux me mettre en rapport avec quelqu'un, à Paris...

— Non... il n'est pas question de la donner!

— Quoi! Tu ne veux pas dire que...?

— Si... il le faut!

Myriam n'était pas en colère. C'était pire. Elle me regardait fixement; elle était en train de me jauger, et pas seulement l'homme, en moi, mais le médecin des bêtes.

— J'ai été bonne pour Nyété! reprit-elle. J'ai essayé de la rendre heureuse. Elle ne m'aime pas.

— Voyons!

— Mais oui! Je sais qui m'aime. J'ai un instinct pour ça. Nyété et moi, c'est fini. Mais comme je ne veux pas qu'elle soit malheureuse... Toi, tu serais capable de donner ton chien?

— Je ne sais pas!

— S'il te mordait, tu le garderais?

— J'ai déjà été mordu...

— Mais réponds, cria-t-elle... Ne cherche pas toujours des biais...

Ses yeux gris me perçaient. Dressée sur un coude, la tête penchée en avant, les lèvres réduites à un trait, elle vivait d'une volonté si intense que je me sentais, je l'avoue, dominé.

— Tu voudrais, dis-je, qu'elle ait de la reconnaissance?

— Je n'admets pas qu'elle me morde, c'est tout!

— Et tu comptes sur moi?...

— Je peux faire appeler quelqu'un d'autre... Cette bête m'appartient. J'estime qu'elle est malade et dangereuse!

— Et tu décides de la supprimer, comme ça, parce que c'est ton bon plaisir! L'autre jour, tu la laissais manger dans ton assiette! Maintenant, tu la condamnes à mort! Tu es effrayante!

— Bon, j'appellerai le vétérinaire de Pornic!

— Une minute! Je n'ai pas dit que je refusais!... Tu permets que j'examine d'abord Nyété? Je déciderai après.

— C'est tout décidé!

Je préférai sortir tout de suite. J'allais éclater, lui jeter à la face la vérité! Car je ne doutais plus, maintenant! Je venais de voir son visage de criminelle, cette espèce de démence lucide qui faisait de sa figure un masque de haine. Et j'étais sûr qu'elle m'avait menti, pour son pied. Elle pouvait marcher! Elle avait trouvé un moyen de locomotion quelconque pour aller à Beauvoir, auto ou bicyclette! Elle avait froidement exécuté son plan, de même qu'elle avait froidement condamné Nyété! Je cherchai Ronga pour lui demander quelques éclaircissements, mais je ne pus la trouver. A quoi bon, d'ailleurs! Elle était certainement la complice de Myriam. Je pensai alors au Dr Mourgues. Il me renseignerait, lui. Je sautai dans la 2 CV et revins au bourg; mon exaspération, mon angoisse n'avaient pas diminué. Jamais je n'abattrais la bête. Jamais! D'abord, Myriam se trompait singulièrement si elle s'imaginait qu'on peut piquer un guépard comme on pique un angora! Il y avait de grandes précautions à prendre! Il fallait l'endormir, avant. Chez moi, j'étais outillé. Dans cette buanderie, il était beaucoup plus difficile d'opérer avec sécurité. Et puis la question, de toute façon, ne se posait pas. Si Myriam n'avait pas agacé Nyété!... Curieux comme cette femme savait vite se rendre odieuse! Au début, on était conquis ! Ensuite, on devait se défendre contre son emprise. Non pas qu'elle fût, à proprement parler, tyrannique ou possessive. C'était plus subtil ! Elle exerçait une influence. Je ne saurais pas bien définir le mot. Mais ne l'avait-elle pas défini elle-même, quand elle m'avait dit qu'elle croyait à la télépathie parce qu'elle croyait à l'amour. Certes, la télépathie, ça ne signifie pas grand-chose ! Mais cette présence sourde de Myriam qui me tourmentait, quand j'étais loin d'elle, comme une fièvre quarte, cet ascendant qu'elle avait sur moi en dépit de mes révoltes, c'était bien réel, cela ! Heller avait dû l'éprouver, cette sorte d'envoûtement, puisqu'il en était mort ! Vial l'avait ressenti ! Ses paroles me revenaient en mémoire. « Elle a une personnalité fascinante ! » Ronga, la docile Ronga, obéissait mais en rongeant son frein, je l'avais deviné à plusieurs reprises. Eh bien, j'en avais assez, et grâce à Mourgues, j'allais, pour commencer, la prendre en flagrant délit de mensonge.

Mourgues était là. Le mois d'avril, pour lui, c'était un peu la morte-saison et ma visite lui fit plaisir. Nous bavardâmes quelques instants en buvant du gros-plant. Puis, je lui parlai de Myriam.

— Elle a été bien touchée, me dit-il. Ce n'est pas grave. Dans une huitaine, elle marchera comme avant, mais elle a eu de la chance ! Si la bête avait appuyé, elle pouvait lui briser la cheville.

— Nyété n'est pas méchante, m'écriai-je. Seulement, elle ne connaît pas sa force.

— Quand même ! Le coup de dents a été porté avec une certaine violence. Si vous voyiez cette ecchymose ! Vous venez souvent, je crois ?

Le ton était aimable avec un rien d'ironie, peut-être.

— Je soigne Nyété, dis-je. La bête est saine, mais elle a du mal à s'acclimater.

— Drôle d'idée de garder chez soi un guépard !... Elle m'a paru un peu... étrange, cette Mme Heller. Je la voyais pour la première fois. Mais j'avais déjà entendu raconter pas mal de choses sur son compte...

— Quoi, par exemple ?

— Oh, vous savez, dans ces petits pays... les langues vont vite ! Une femme qui vit entre un guépard et une négresse... et qui peint, par-dessus le marché !

Il rit et remplit mon verre.

— Quand avez-vous été appelé chez elle, demandai-je d'un air détaché.

— Avant-hier, dans le courant de la matinée. J'y suis retourné hier, pour renouveler le pansement.

— Elle peut quand même marcher ?

— Marcher ?... Pas question !... D'ailleurs, même si elle le voulait, elle en serait incapable. Voyons, Rauchelle ! Vous en savez plus long que moi sur les morsures ! Non, elle a toute la jambe enflée et douloureuse. J'ai même dû lui donner un calmant. Dans un cas comme celui-là, plus on dort, mieux ça vaut !

— Vous êtes absolument catégorique ?

— Comment ça ?

— Mme Heller ne peut pas quitter sa chambre ?

— Ecoutez, dit Mourgues, non sans impatience, dites-lui qu'elle vous montre sa cheville. Vous constaterez vous-même. Pour moi, il n'y a pas l'ombre d'un doute ! Mme Heller tomberait au bout de trois pas si elle était assez folle pour essayer de marcher !

Je lui devais un éclaircissement, si je ne voulais pas faire figure de malappris.

— Excusez-moi, dis-je. Une voisine m'avait signalé

qu'une femme était venue chez moi, hier, et j'avais pensé que...

— C'est sûrement une erreur !

Je vidai mon verre, tout en observant Mourgues. Il avait une excellente réputation et puisqu'il m'affirmait que Myriam n'avait pas pu bouger, je n'avais qu'à m'incliner. Je savais, de mon côté, par expérience, que les morsures de chien, pendant deux ou trois jours, paralysent un membre. Alors, à plus forte raison, le coup de dents d'un guépard ! Tout cela était l'évidence même ! C'était justement cette évidence qui me rendait malade d'angoisse.

— Vous allez chez Mme Heller ?

— Oui, dis-je. Il faut que je prenne une décision au sujet de cette bête !

— A mon avis, il vaudrait mieux l'abattre ! Supposez qu'un jour elle s'échappe ! Quelle responsabilité pour vous !

— C'est une bête très douce !

— N'empêche qu'elle mord. En Afrique, les gens sont habitués aux fauves ! J'ai lu qu'on apprivoise les lions, là-bas, qu'ils vivent dans les maisons comme des animaux domestiques ! Mais à Noirmoutier !...

Je lui tendis la main pour couper court à ses conseils. Il marcha près de moi jusqu'à la voiture et insista encore :

— Faites-vous montrer cette cheville ! Vous vous rendrez compte !

Je l'avais vexé, le pauvre homme ! Mais lui, il m'avait démoli ! Je regardai l'heure, incertain de la conduite à tenir. Nyété, la pauvre bête, je ne pensais guère à elle ! Myriam n'avait pas quitté sa chambre et Myriam avait été vue, chez moi, par la mère Capitaine. Alors ?... Tout ce que j'avais lu était donc vrai ? Déjà, je courais à la conclusion : Eliane resterait en danger de mort tant que Myriam songerait à la détruire. Je ne pourrais rien pour la protéger ! Considérez que j'abordais un domaine qui m'était complètement étranger. Un homme qui, comme vous, a consacré tant de temps et de talent à l'étude de ces phénomènes mystérieux, doit comprendre ce que j'éprouvais. J'étais vraiment hors de moi ! Mes habitudes mentales, mes repères intellectuels, bref, mon être même, étaient mis en question. Je souffrais physiquement, dans ma tête, dans mes nerfs. La moindre réflexion me conduisait à une impasse. Par exemple, je me promettais de monter la garde auprès d'Eliane, mais il m'apparaissait aussitôt que je serais impuissant contre ce quelque chose qui émanait de Myriam, apparence ou autre. Eliane n'avait pas vu venir cela qui l'avait poussée dans le puits. Car, elle avait été poussée, ce point, du moins, était clair ! Tom avait eu beau aboyer ! Il n'avait pas empêché la forme bleue, le double de Myriam, de passer... Est-ce que je devenais fou ? Oui, pendant peut-être une demi-heure, je crois bien que l'agitation dans laquelle je fus plongé peut s'appeler ainsi. En roulant au hasard, je m'étais égaré dans le bois. Je dus stopper pour m'orienter, et je résolus de revenir à la villa. Je vis dans cette brusque décision une preuve supplémentaire du pouvoir de Myriam. J'avais souri quand elle m'avait dit qu'il lui suffisait de penser à moi fortement pour m'attirer auprès d'elle. Mais je sentais, en ce moment précis, la réalité et la force de ce lien invisible. J'avais besoin de revoir Myriam. Il me semblait que j'allais être capable, maintenant que mes yeux étaient enfin ouverts, de surprendre en elle, dans le mouvement de sa tête, dans ses gestes, la présence de ce fluide secret qu'elle utilisait pour ses maléfices. J'aurais déjà dû le percevoir, moi, dont les mains étaient si habiles à déceler le mal le plus caché. Encore une fois, je voulais toucher. Je n'étais pas encore tout à fait persuadé...

Je poussai la barrière. La villa était toujours silencieuse et je lui trouvai un aspect peu engageant qui ne m'avait jamais frappé jusque-là. Je fis le tour de la maison. La porte de la buanderie était entrouverte. Est-ce que le guépard s'était enfui ? Je courus, effrayé, comprenant à quel point Mourgues avait eu raison de me mettre en garde. Je m'arrêtai sur le seuil. Ronga était là, accroupie près de la bête, qu'elle caressait en murmurant une espèce de mélopée monotone. Elle ne bougea pas quand elle me vit ; elle empêcha seulement Nyété de se lever. J'étais l'ennemi.

— Laissez-la, dis-je...

— Je vous défends de la tuer...

— Mais je ne veux pas lui faire de mal !

Elle m'épiait, méfiante, anxieuse. La bête aussi m'observait. Je montrai mes mains vides.

— Vous voyez bien !

— Vous lui obéirez, dit Ronga. Vous lui obéissez toujours !

Je m'accroupis à mon tour de l'autre côté du guépard et lui palpai les flancs, doucement.

— Ce n'est pas mon métier de tuer, et je n'ai pas d'ordres à recevoir de Mme Heller !

Ronga ne paraissait pas convaincue. Je haussai les épaules et poursuivis l'examen de Nyété. Quand je lui touchais le ventre, elle se raidissait et ses prunelles s'élargissaient. Je connaissais ce signe et retirai la main. Troubles digestifs, ballonnement, ventre douloureux. Symptômes classiques.

— Elle boit beaucoup?

— Oui, dit Ronga.

— A-t-elle été méchante avec vous?

— Jamais.

J'effleurai du bout des doigts le mufle du guépard : nez chaud, fièvre. Ronga suivait tous mes mouvements avec autant d'attention que Nyété. Elle commençait à se rassurer, mais l'inquiétude remontait vite dans ses yeux aux aguets.

— Il suffirait de la mettre au régime, une bonne fois, dis-je. C'est une bête fragile et il faudrait la soigner comme un lévrier.

— Expliquez-lui ça!

Du menton, elle me désignait la maison.

— Moi, reprit-elle, dès que j'ouvre la bouche, elle me chasse... C'est une mauvaise femme!

Elle me regarda avec défi, mais je ne relevai pas le propos. Alors Ronga me prit les poignets, m'attira près d'elle, par-dessus le corps du guépard. Elle pleurait, elle suppliait, sa large face grimaçant de chagrin.

— Sauvez-la, monsieur Rauchelle... Je ne veux pas qu'on la tue... Qu'est-ce que je deviendrais sans Nyété?...

— Je vous promets de faire tout mon possible, dis-je. Mais quand Mme Heller est butée!...

— Je sais. Depuis deux jours, il n'y a plus moyen de l'approcher!

Ronga chercha son mouchoir pour s'essuyer les yeux et sourit à Nyété à travers ses larmes.

— Dors, dors! murmura-t-elle... Il ne t'arrivera rien, mon bijou!

Elle se releva, alla fermer la porte après avoir écouté. Je l'avais mal jugée. Elle était bonne et sensible, et la dureté de Myriam la révoltait. Je voyais qu'elle éprouvait une joie bizarre quand, au lieu de dire Myriam, je disais Mme Heller. Ma conduite l'avait sans doute dégoûtée, mais maintenant, elle était prête à me donner sa confiance. Je chatouillai le cou de Nyété, sous les lourdes mâchoires. Moi aussi, j'aimais cette bête, mais je n'apercevais aucune solution. Myriam était libre d'appeler mon confrère de Pornic, libre de lui expliquer à sa manière la situation. Si elle s'entêtait, le guépard était condamné.

— Heureusement, murmurai-je, elle ne peut pas bouger.

— Non, fit Ronga, à mi-voix. Le docteur lui a interdit de se lever.

— Vous garderez la clef de la buanderie ; vous alimenterez vous-même Nyété de la manière que je vais vous indiquer. Je prends tout sur moi. Vous voulez bien m'obéir, à moi et pas à elle ?

— Oui... Je m'excuse, monsieur Rauchelle, pour mes paroles de tout à l'heure... Quand je vous ai vu là, j'ai cru que vous lui aviez cédé... Elle est tellement volontaire...

J'étais extrêmement étonné d'entendre Ronga s'exprimer avec cette aisance. Je l'avais considérée comme une servante, un peu comme une esclave, juste bonne à faire le ménage, les courses, la vaisselle. Myriam lui parlait toujours avec une sorte de rudesse irritée. Or, voilà que je découvrais, sur son visage sans grâce, de l'intelligence, de la dignité. Je faillis lui tendre la main pour sceller notre accord, mais je craignis de paraître faible et sentimental. Pour dissimuler ma gêne, je griffonnai, sur une page de bloc, quelques prescriptions et je lui donnai la feuille.

— Alors, c'est bien entendu? Nous ne nous sommes pas rencontrés! Pas un mot à Mme Heller. A propos, étiez-vous là quand elle a été mordue?

— Oui.

— Comment cela s'est-il passé?

— Eh bien, elle voulait apprendre à Nyété à se tenir assise sur ses deux pattes de derrière, et comme Nyété ne comprenait pas, elle s'est mise en colère et elle l'a frappée. Alors Nyété l'a saisie à la cheville et elle a un peu serré, pour l'avertir.

— C'est-à-dire?

— Nyété est fière. Elle n'aime pas qu'on la traite de cette façon-là.

Cela m'expliquait l'étrange hargne de Myriam.

— Mais pourquoi Mme Heller faisait-elle quelque chose d'aussi dangereux? Elle connaît bien, pourtant, les réactions des fauves?

— Elle s'ennuyait! Quand elle s'ennuie, elle est capable de n'importe quoi!

— Ensuite? Elle est restée couchée?

— Oui. Hier aussi, toute la journée.

— Vous ne l'avez pas quittée un seul instant?

— Non. Elle me sonnait sans arrêt. Il fallait bien qu'elle passe ses nerfs sur quelqu'un.

— Mais, cet énervement mis à part, comment l'avez-vous trouvée?

— Jusqu'à 4 heures, elle a été comme d'habitude...

— Et après 4 heures?

— Elle s'est endormie... Enfin...

— Enfin quoi?... Allez-y, Ronga!... Tous ces détails m'intéressent... j'entends, d'un point de vue médical!

— Elle dormait, si vous voulez. Mais pas de son sommeil ordinaire.

— Elle avait absorbé son calmant?

— Non. Au contraire, elle m'avait demandé du café très fort et elle en avait bu plusieurs tasses. Après, elle s'est assoupie. Elle était toute blanche, toute raide, et elle parlait en dormant.

— Qu'est-ce qu'elle disait?

— Je ne sais pas. Elle parlait en dialecte A-Louyi. C'est un dialecte que je ne comprends pas.

— Mais est-ce qu'elle prononçait des mots sans suite, comme quelqu'un qui rêve? Ou bien, est-ce qu'elle formait des phrases?

— Elle formait des phrases... je ne peux pas bien vous expliquer.

— L'avez-vous touchée?

Ronga parut effrayée.

— Non... Il ne faut pas!... Quand l'esprit voyage, il ne faut pas toucher le corps. Ce n'est pas permis!

Je serrai les poings de rage. Ronga était peut-être une fille évoluée, mais elle continuait à croire à toutes sortes de sottises! Et puis je m'avisai que si je l'interrogeais avec tant de fièvre, c'était évidemment parce que, moi aussi, je commençais à croire à ces mêmes histoires! Bon Dieu! J'en étais là!

— Et ce... sommeil a duré longtemps?

— Peut-être une heure. Elle s'est réveillée à 5 heures un quart. Au début, elle ne savait plus où elle était. Ensuite, elle m'a dit qu'elle voulait rester seule. Quand je suis remontée, à l'heure du dîner, j'ai vu qu'elle avait pleuré.

— Cela lui arrive souvent de dormir de cette façon-là?

— Non. Je ne crois pas. En tout cas, moi, je ne l'ai vue qu'une fois dans cet état.

— Il y a longtemps ?

— Oh, oui ! C'était...

Ronga hésita soudain, comme si la confidence lui coûtait.

— Je suis votre ami, Ronga ! dis-je. Vous savez bien que je ne lui répéterai pas notre conversation. C'était quand ?...

— Eh bien, c'était le jour où M. Heller est tombé dans la carrière.

J'entendis à peine ces mots qu'elle avait chuchotés en baissant la tête. En vérité, je m'attendais à une réponse de ce genre. Cependant, elle m'ébranla de la tête aux pieds. Pendant un long moment, je restai immobile, les dents serrées, mes doigts jouant au fond de mes poches avec mes clefs. Je l'avais, ma preuve ! Par la pensée, j'étais là-bas, dans le garage, devant la trappe ouverte. Quand je revins à moi, je vis presque avec surprise le guépard couché à mes pieds et la négresse debout devant la porte. Où étais-je ? en Afrique ?... Et je sursautai, en réalisant que je venais de faire le même trajet que Myriam endormie. Je me passai les mains sur les yeux, et enfin j'ouvris la porte. Le soleil acheva de me libérer de mes songes.

— Vous avez dit à Mme Heller que vous l'aviez vue endormie ?

— Non.

— Surtout pas un mot. Ni à elle, ni au docteur. Mais continuez à l'observer.

— Pourquoi ? demanda Ronga. Qu'est-ce que vous craignez ?

— Rien... Rien pour le moment ! Simplement, je ne

voudrais pas que Mme Heller tombe malade à cause de cette morsure. A-t-elle manifesté devant vous l'intention de retourner en Afrique ?

— Oui, quelquefois...

— Qu'est-ce qu'elle dit, alors ?

De nouveau, Ronga baissa la tête. J'essayai de l'aider.

— Elle dit qu'elle m'emmènera avec elle, n'est-ce pas ? qu'il y aura bien un jour où je serai libre ?

— Oui, Monsieur.

— C'est bon. Je vais lui parler.

Je sortis, bien décidé, maintenant, à mettre la chose au clair. Mais je m'arrêtai dans le vestibule. Par quel bout prendre l'explication ? Quel reproche intelligible pouvais-je formuler ? Elle me rirait au nez. Elle me dirait : « Toi, François, tu m'accuses d'avoir voulu tuer ta femme en dormant ? ». Je serais grotesque. J'étais déjà grotesque. Ronga, dans sa simplicité, avait été frappée par le sommeil agité et bizarre de Myriam. Mais il nous arrive à tous de parler en rêve, de rire, de pleurer. Moi-même, combien de fois n'avais-je pas rêvé qu'on me poursuivait et je courais comme un dément, en gémissant. Ou bien, je tombais dans un trou sans fond et quand je m'éveillais, en sueur, Eliane me caressait la joue : « Tu m'as fait peur, mon chéri ! »

Un pied sur la première marche de l'escalier, je passais en revue toutes les raisons que j'avais de garder le silence. La principale, je me la taisais, mais je n'étais pas dupe : j'avais peur de Myriam.

8

— Alors ? dit Myriam.

— Alors, je suis d'accord ! Cette bête est malade, mais on pourrait facilement la guérir.

— Qui, on ?

— Toi, bien sûr ! Si tu t'astreignais à la nourrir à heure fixe, si tu lui donnais les choses qui lui conviennent, si tu faisais ce que je t'ai expliqué vingt fois !

— J'ai mon travail !

— Oh, ton travail !

— Parfaitement ! Tout ce que tu ne connais pas, tu le méprises ! Et ça t'embête que je peigne ! Ça te gêne et ça t'humilie ! Mais si !... Il y a longtemps que je l'ai senti.

— Admettons, dis-je, agacé. Mais il ne s'agit pas de moi ! Il s'agit de Nyété !

— Eh bien, si tu l'aimes tellement, je te la donne !

Je n'avais pas prévu cette feinte et je vis tout de suite que Myriam allait, une fois de plus, me mettre dans mon tort.

— Cette bête chez moi ! m'écriai-je. Tu perds la tête.

— Pas du tout. Tu as une femme obéissante,

dévouée. Tu n'auras pas besoin de lui expliquer vingt fois ce qu'elle doit faire !

— Je te prie de laisser Eliane en dehors de tout cela !

— Bon, ne te fâche pas, mon petit François ! Tu ne veux pas de Nyété ?... Je la ferai donc abattre...

Et je fus assez faible, assez naïf, pour chercher si vraiment il n'y aurait pas moyen d'aménager un endroit où je pourrais recueillir le guépard ! Mais non ! Myriam essayait seulement de me blesser, de me prouver que je fuyais les responsabilités, que, de nous deux, c'était moi l'égoïste ! La bête n'était qu'un prétexte !

— Je te préviens, dis-je, que je ne me charge pas de l'opération !

— Oh, je sais ! fit-elle, d'un ton insultant. Mais je trouverai bien quelqu'un de plus courageux ! Et tout de suite !...

Elle rejeta la couverture et posa les pieds sur le plancher. Aussitôt, elle poussa un cri de douleur et retomba sur le lit, haletante.

— Bougre d'idiote ! dis-je. Tu ne peux pas rester tranquille, non !... Montre-moi un peu cette cheville...

Elle souffrait trop pour se défendre. D'autorité, je défis le pansement. J'avais déjà vu bien des morsures, mais celle-là était particulièrement vilaine. La cheville était gonflée, noirâtre, sanguinolente ; les crocs du guépard avaient cisaillé la peau et entamé profondément les chairs. Si Tom m'avait mordu de cette façon-là, je n'aurais pas hésité à le tuer. Je comprenais mieux les réactions de Myriam. Mais moi, je n'aurais pas provoqué la colère de Tom ! Mon ressentiment à l'égard de Myriam était tel que j'approuvais presque

Nyété. Je refis le pansement, en laissant aux bandes un peu plus de jeu, car Mourgues les avait trop serrées. J'avais vu ce que je voulais voir. Myriam était vraiment incapable de marcher.

— Je connais ces animaux mieux que toi! dit Myriam. Maintenant, Nyété ne m'obéira plus! A la première occasion, elle recommencera. Je ne suis plus en sûreté avec elle.

Cet argument m'ébranla.

— Mais non, dis-je, avec une rudesse calculée, tu n'auras qu'à la traiter en bête, et non en personne!

— Les fauves sont des personnes, murmura Myriam, et j'ai perdu la face!

Jamais encore Myriam ne m'avait dit quelque chose de plus éclairant. J'eus l'impression que tous mes soupçons devenaient, d'un coup, des certitudes. Nyété l'avait mordue : elle supprimait Nyété! Eliane l'avait offensée, par le seul fait qu'elle existait, qu'elle se dressait entre nous deux : elle devait donc disparaître! Et moi, je devais être un instrument docile! Sinon, un jour, je subirais le même sort que le malheureux Heller. Pourquoi pas?

Myriam m'observait. Elle qui avait le pouvoir d'entrer chez moi comme une ombre, elle était bien capable de pénétrer aussi dans mon cerveau, dans mes pensées, de deviner qu'elle n'était plus pour moi qu'une étrangère. Car ce fut à ce moment que j'en pris conscience : Myriam ne m'était plus rien! Le souvenir même de notre intimité me semblait avoir perdu toute signification. Je voudrais vous faire exactement sentir ce que j'éprouvais, tellement c'est important pour la suite des événements, mais ce n'est pas facile! Si vous voulez, j'avais déjà commencé à me détacher de

134

Myriam, parce que sa jalousie, son orgueil, cette manière qu'elle avait de disposer de ma liberté, rendaient impossible entre nous toute vraie tendresse; mais elle restait une femme désirable; elle restait humaine. Au contraire, à partir de l'instant où je dus reconnaître qu'elle pouvait mettre en œuvre des forces mystérieuses et vaguement répugnantes, elle perdit pour moi jusqu'à ce caractère d'humanité. Elle devint autre. Entre elle et moi, il n'y eut, tout à coup, plus rien de commun. Exactement comme il n'y a rien de commun entre un homme et un reptile, par exemple. Et si la vie d'Eliane n'avait pas été en jeu, j'aurais pris la fuite — je le dis comme je le pense — je n'aurais plus remis les pieds dans l'Ile, comme si elle s'était transformée en un lieu maudit. Encore une fois, je m'exprime très mal, je le sens bien. Mais comment faire? Vous devez connaître tous mes sentiments, même s'ils vous paraissent insolites, ou excessifs, voire anormaux. Il y avait, dans ma peur, je ne sais quoi de « religieux », quelque chose comme de l'horreur sacrée, ce que l'on éprouve, sans doute, en présence du miracle, ce que les anciens ressentaient quand les voyageurs leur parlaient de cyclopes et de monstres. J'exagère un peu, c'est entendu! Mais je crois que la nature de mon trouble est à peu près correctement située. Myriam, telle que je la voyais, étendue sur son lit, le visage creusé par la souffrance, me semblait redoutable.

— Attendons encore un peu, proposai-je. Nyété est enfermée dans la buanderie. Elle ne peut faire de mal à personne.

— Attendre! fit Myriam, attendre! Le temps ne résout rien, tu sais... Au contraire!

Toujours ces phrases à double sens ! Elle parlait du guépard et j'étais sûr qu'elle parlait aussi d'Eliane ; Nyété et Eliane, dans son esprit comme dans le mien, c'était la même chose, le même cas, le même problème.

— Nous déciderons quand je reviendrai, dis-je. Maintenant, il est trop tard. Je risque même de trouver la mer sur le Gois.

Je n'eus pas la force de l'embrasser. Il me coûta de lui serrer la main. Je ne repris mon sang-froid que dans la 2 CV. Je veux dire que, la portière refermée, je me sentis à l'abri dans ma coquille de métal. A l'abri de quoi ?... A l'abri, c'est tout. Le monde, autour de moi, était un monde bienveillant et presque affectueux. Je traversai le Gois d'extrême justesse ; la mer le recouvrit derrière moi. C'était tenter le sort ! Un jour, je me ferais prendre ! Je me promis d'être plus prudent car, maintenant, j'étais décidé à défendre Eliane. Cette idée me préoccupa pendant toute la soirée. J'avais déjà songé à partir, à m'établir quelque part en Auvergne, mais il me faudrait beaucoup de temps avant de trouver un bourg ayant besoin d'un vétérinaire. C'était un projet chimérique ! Je ne voyais pour le moment aucun moyen de parer les coups. Pendant le dîner, je suggérai à Eliane qu'elle pourrait peut-être prendre la mère Capitaine tous les jours. Eliane m'objecta qu'elle se portait très bien, qu'il était inutile de jeter l'argent par les fenêtres et que la mère Capitaine était désordonnée et malpropre. Je n'osai pas insister. Je n'avais aucune raison d'insister. Jusque-là, je n'avais commis aucune erreur, devant Eliane ; je n'allais pas commencer à éveiller ses soupçons pour une question de femme de ménage. Dans deux mois, quand la saison d'été m'amènerait une nombreuse clientèle de passage, j'aurais un motif sérieux de rester à la maison tous les matins. Mais c'était tout de suite que je devais imaginer un moyen de protéger Eliane et je me sentais impuissant et misérable. Après le repas, je me retirai dans mon bureau, j'allumai ma pipe et, méthodiquement, je feuilletai les livres que je m'étais juré de ne plus ouvrir. Cette fois, je ne luttais plus ; je n'étais plus scandalisé ; j'étais prêt à accepter les révélations les plus étranges. Ce que les voyageurs avaient vu, ne l'avais-je pas constaté moi-même ? Quand ils décrivaient l'apparence de l'homme endormi dont l'esprit erre au loin, ils répétaient presque mot pour mot ce que Ronga m'avait dit. Alors ? pourquoi aurais-je refusé de les croire quand ils étudiaient d'autres pratiques, et, par exemple, quand ils racontaient comment l'initié peut, à distance, utiliser les propriétés vénéneuses de certaines herbes ou de certains produits pharmaceutiques ? Qu'étais-je, moi, ignorant et plein de préjugés rationalistes, à côté de ces ethnologues, de ces médecins, de ces professeurs ? Et d'ailleurs, ils avaient eux aussi, résisté à l'évidence. Comme moi, ils avaient tout d'abord refusé les faits. Mais que sert de nier ce que l'expérience affirme ? L'action à distance, dans certains cas, est possible ! Elle revêt maintes formes. Elle est, parfois, invisible, sans aucune matérialisation de l'agent. Mes témoins en signalaient plusieurs exemples. J'aurais pu citer celui du puits. Souvent, la forme de l'agent apparaît. Exemple : la trappe. Mais encore plus fréquemment, les effets de cette action à distance sont subtils, presque indécelables. La victime choisie dépérit d'une manière inexplicable et il est impossible de la sauver tant qu'on n'a pas réduit à l'impuissance l'auteur du maléfice. Je

trouvai, à ce propos, un proverbe Suto qui disait :
« On cloue la peau d'un mort sur une autre peau ». Et
le narrateur expliquait qu'on doit découvrir et punir le
sorcier, « clouer sa peau » comme il l'a fait de l'autre.
En vérité, tout cela ne m'avançait guère, mais confir-
mait singulièrement mes craintes. Heureusement,
Myriam ne possédait aucune de ces herbes, de ces
plantes, dont mes auteurs notaient les propriétés
redoutables. Mais elle pouvait se les procurer par
Vial ! Je faillis écrire au docteur. De temps en temps, la
tentation me venait de me confier à lui ! Ne m'avait-il
pas dit : « Je tente une expérience. » Cet homme, un
peu mystérieux, aurait compris mon trouble. Mais
comment lui avouer que j'étais devenu l'amant de
Myriam ? Je voyais son sourire. Non, Vial ne pouvait
m'être d'aucun secours...

Il était tard. J'avais la tête lourde. Les pages des
livres dansaient devant mes yeux. Je descendis dans le
jardin. La nuit était profonde, tiède. De temps en
temps, une goutte de pluie me tombait sur le nez, sur
la joue. Peut-être allais-je rencontrer, près du puits ou
au coin du garage, la forme irréelle de Myriam ? Je fis
le tour de la maison. J'avais beau me dire : « Je prends
l'air, j'ai besoin de me désintoxiquer un peu », je
savais fort bien que j'étais en train d'effectuer une
ronde ! Désormais, Eliane et moi étions des assiégés !
Je décidai de faire coucher Tom dehors. Il avait aboyé
autour de l'imperméable bleu. Il aboierait donc
encore, à l'avenir, et je l'entendrais. Je serais prévenu.
Cette idée me fut désagréable. Je rentrai et vérifiai la
fermeture de toutes les portes ; c'était ridicule mais je
n'aurais pas pu dormir si je n'avais pas pris cette
précaution.

Pourtant, je ne dormis guère. Qu'est-ce qu'elle manigançait, là-bas ? Si je ne retournais pas dans l'Ile, est-ce qu'elle n'allait pas essayer de se venger demain, après-demain ? Est-ce que la meilleure tactique n'était pas de faire la paix avec elle, au moins en apparence ? Je ne pus rien décider. J'étais trop fatigué. Je n'entendis pas sonner le réveil et ce fut Eliane qui me réveilla. Mes angoisses m'attendaient, vivaces. La nuit les avait nourries de ma substance.

— Tu n'as pas l'air bien ? dit Eliane.

— Ça va passer !

Ça ne pouvait pas passer ! Comment faire la paix avec Myriam, sans consentir du même coup à exécuter Nyété ? Et si j'acceptais de tuer la bête, jusqu'où irais-je dans la lâcheté et la démission ? Ces pensées me torturèrent toute la matinée. Je n'éprouvais plus, comme autrefois, le « manque » de Myriam. Bien au contraire, ce qui me mouillait les mains de sueur, c'était la crainte d'obéir à Myriam et d'aller, malgré moi, dans l'Ile. Pendant deux jours je fis front. Je vous jure que c'est long, deux jours. La vie du guépard contre ma paix ! Les bêtes, j'en avais tué des dizaines. Je ne suis pas d'une sensibilité excessive, et puis les bêtes se ressemblent toutes. Un chien meurt, un autre chien le remplace. C'est toujours le même chien qui continue, en quelque sorte. Du moins, c'est ce que je me répète quand je suis obligé de piquer un animal qui souffre. Et, dans ce cas, d'ailleurs, la mort que je donne est un acte d'amitié. Mais Nyété ! Pour moi, c'était un être à part. Je lui gardais un peu de cette passion qui m'avait poussé vers Myriam. L'émerveillement d'autrefois, ce bonheur fou, Nyété en restait le signe. J'avais renoncé à l'amour. Je ne pouvais pas encore renoncer à ce qui avait été sa poésie, son éclat barbare et magnifique. Et puis, je regardais Eliane devant moi, à table, son honnête visage sans méfiance, et un lourd chagrin me serrait la gorge, comme si elle avait été atteinte, à son insu, d'un mal inguérissable. Mentir n'était rien, tant qu'il s'agissait de lui dissimuler ma liaison. Mais mentir, quand sa vie était en jeu! Tant pis pour Nyété! Ainsi mourait la bête, un peu plus à chaque minute, et je devenais conscient des effluves qui émanaient de nous, qui circulaient de l'un à l'autre, de Myriam à Eliane, d'Eliane à moi, de moi à Nyété, de Nyété à Myriam... Ces courants vivants passaient en nous, comme un sang tantôt rouge, tantôt noir, charriant la colère et la haine. Je garnis ma trousse : narcotique et poison. J'endormirais Nyété au moment où elle viendrait chercher mes caresses... Après? Je ne voulais pas savoir ce qu'il y aurait, après!

Je partis à la basse mer du matin, sous la pluie. Le Gois était sinistre, battu de plein fouet par les grains. J'avais de la peine à repérer les balises et le fracas des vagues, à droite et à gauche, couvrait le bruit du moteur. J'eus l'impression de voyager longtemps, très longtemps, dans un pays de nulle part où je me sentais bizarrement à l'aise. Je fus presque déçu de découvrir la côte, la route et les maisons. Mais une autre surprise m'attendait. Myriam me reçut d'une manière charmante. J'arrivais désemparé, vaincu; elle semblait avoir oublié ce que je venais faire. Pas un mot de Nyété. Pas la moindre allusion à notre dernière querelle. Malgré l'heure matinale, elle était coiffée, habillée. Assise dans un fauteuil du living, la jambe allongée sur une chaise, elle peignait un fleuve de son pays.

— Tu n'as pas l'air bien ? dit-elle.

Exactement comme Eliane. L'intonation était presque la même. Ces rencontres, ces coïncidences étaient fréquentes et provoquaient toujours en moi la même gêne : j'avais l'impression de vivre deux existences décalées, dont l'une était la parodie de l'autre.

— J'ai beaucoup de travail !

Cela aussi, je l'avais dit vingt fois.

— Viens te reposer, là, près de moi.

Elle pencha une chaise pour répandre sur le plancher tout ce qui l'encombrait. Devinait-elle mon embarras ? S'en amusait-elle ? Je crois plutôt qu'elle avait envie d'être douce comme, à d'autres moments, elle avait envie de café noir ou de champagne. Et elle excellait dans la douceur. Je n'écris pas cela méchamment ! Je veux seulement noter à quel point j'étais devenu différent. Je l'observais, comme j'avais observé le guépard, la première fois ; j'étais attentif à ses gestes, à sa voix, guettant la vraie Myriam sous l'apparence. Elle me parla de sa peinture. En mai, elle irait à Paris, pour le vernissage de son exposition. Elle paraissait heureuse, sûre d'elle, de son talent, de son succès, et elle partageait avec moi, très gentiment, ses espérances. Aucune fausse note. Aucune duplicité. Elle était totalement sincère. Et pourtant, nous nous étions quittés fâchés, et Nyété attendait toujours, dans la buanderie !

— Tu sais ce que tu devrais faire ? dit Myriam. Tu devrais m'emmener dans ta voiture. Je ne suis pas sortie depuis une semaine.

— Il pleut.

— Tant mieux. Personne ne nous verra. Tu ne seras pas compromis...

Je fus trop heureux d'obéir. Puisque Myriam, tacitement, me proposait une trêve, je n'allais pas ranimer nos querelles en soulevant des objections. J'amenai donc la 2 CV devant le perron. Sous prétexte de m'aider à ouvrir la barrière, Ronga était sortie et nous échangeâmes rapidement quelques mots dans le jardin. J'appris que Myriam avait laissé Ronga s'occuper de Nyété. Elle s'était comportée comme si elle n'avait jamais entendu parler de Nyété.

— Mais a-t-elle été triste ou soucieuse?

— Non, dit Ronga.

— Est-elle tombée dans ce sommeil étrange... vous vous rappelez?

— Non. Elle a été très active, au contraire. Elle a écrit des lettres... elle a peint...

— Vous croyez qu'elle va oublier... pour Nyété?

— Cela m'étonnerait, dit Ronga.

Je revins dans le living. Myriam passa un bras autour de mon cou. Je la pris par la taille et, clopin-clopant, elle sautilla jusqu'à la voiture.

— Emmène-moi à l'Herbaudière, proposa-t-elle. Je voudrais acheter une langouste. Il me semble que j'irais beaucoup mieux si je mangeais une langouste.

La route filait à la rencontre des rafales de noroît et nous étions secoués comme dans un bateau. Myriam riait. Elle avait retrouvé son visage de jeune fille. Moi-même, j'avais presque oublié mes alarmes. Je roulais vite, à cause du Gois, bien sûr (je disposais à peine d'une heure), mais aussi par jeu. C'était la première fois que Myriam était près de moi, dans ma voiture de célibataire, et, en dépit de tout ce que j'avais appris sur elle, je me laissais aller à un bonheur honteux. L'essuie-glace, étouffé par la pluie, ne révélait que des images tordues; la buée, sur les vitres, nous cachait aux rares passants. Je pouvais, de temps en temps, serrer son poignet et elle posait sa main sur la mienne. Emotions de collégien! Et pourtant, l'amour ne m'avait rien donné de meilleur... Les quais de l'Herbaudière étaient déserts. Toutes les mâtures oscillaient ensemble. A la pointe du môle, des explosions d'écume giclaient en éventail; les mouettes, réunies dans le bassin, flottaient comme des canards. Je stoppai devant la boutique d'un mareyeur.

— Ne bouge pas, dis-je...

— Prends-la assez belle, me recommanda Myriam.

J'achetai la langouste qui se débattait furieusement, et j'eus une longue discussion avec Myriam qui voulait la payer. Pour finir, elle me fourra l'argent dans la poche, au moment où je repris le volant.

— Plus tard, dit-elle, quand tu feras le marché, tu payeras. Ce sera ton rôle!

Ce mot gâcha mon plaisir. Avec Myriam, l'instant ne comptait pas. Elle était toute à ses plans, à ses projets, à ses manœuvres! Je la ramenai à Noirmoutier et nous nous séparâmes froidement. Je regrettai ce voyage inutile et me demandai encore une fois s'il était opportun de revenir. J'en avais assez de tourner indéfiniment dans le même cercle. Après tout, libre à elle de faire abattre son guépard! Je traversai le Gois dans les embruns. J'avais encore le temps de visiter deux clients. Chez le premier, simple formalité : deux vaches à examiner, un petit coup de blanc sur le coin de la table. En me fouillant, pour rendre la monnaie, je m'aperçus que Myriam m'avait donné 620 francs de trop. Pourquoi 620 francs? Quelle avait été son intention? car elle n'était pas femme à se tromper!

Etait-ce une ruse pour m'obliger à les lui rapporter ?
J'allai ensuite à la ferme de l'Epoids... la jument était
malade... Routine des gestes, toujours les mêmes... Je
laissais mes mains travailler... 620 francs. Pourquoi ?...
Surtout pourquoi ces 20 francs ? Bon ! La jument s'en
tirerait. J'ouvris ma trousse... Un flacon manquait.
Tout d'abord, je ne fis pas le rapprochement. J'avais
dû l'oublier quelque part. Pourtant, je ne suis pas
étourdi. Je serais même plutôt maniaque. J'achevai de
soigner l'animal et rentrai chez moi, mais ce flacon
perdu me préoccupait de plus en plus. Il contenait un
produit à base d'arsenic fort dangereux. Ce fut le prix
qui me mit sur la voie. 620 francs. Je revoyais
l'étiquette et, d'ailleurs, je commandais trop souvent
des produits pharmaceutiques pour ne pas connaître
par cœur le prix de chacun. Donc, Myriam m'avait
dérobé le flacon. Scrupuleusement, elle l'avait payé.
La langouste ? Un prétexte. Elle avait tout combiné
avec son adresse habituelle. J'étais descendu. Elle
avait eu tout le temps d'ouvrir ma trousse, de choisir
ce qui lui convenait le mieux, et maintenant, elle
s'apprêtait à empoisonner Nyété ! Je ne pouvais rien
tenter. La mer battait les dunes et son grondement
emplissait l'horizon. J'étais malade, de dégoût, de
lassitude, d'écœurement. Et il fallait feindre, encore
feindre, à cause d'Eliane. Justement, elle avait préparé
une admirable choucroute. Je pris sur moi ; je la
complimentai. Je m'efforçai de parler beaucoup, pour
oublier l'atroce cuisine qui se préparait là-bas. Mais,
l'après-midi, je dus renoncer à sortir, tellement je
souffrais de la tête. Je m'abrutis de cachets sans
parvenir à trouver un instant de repos. Sans cesse, je
regardais l'heure. Je me disais : Maintenant, ça y est !

Elle est morte! J'imaginais Nyété, les pattes raidies, les yeux éteints, et je marchais dans mon bureau, incapable de m'arrêter, de réfléchir calmement, de maîtriser cette panique qui me poussait aux épaules. La détermination cauteleuse de Myriam, la manière presque ironique dont elle m'avait joué, sa cruauté foncière, tout ce qu'elle avait fait, dit, pensé, me révoltait! Ces 620 francs!... C'était pire qu'une gifle! Elle me prenait donc pour un pantin!... « Plus tard, quand tu feras le marché!!! » Ces mots me revenaient en mémoire, maintenant! Elle était donc sûre qu'un jour je vivrais avec elle! Tandis que je songeais à ne plus la revoir, à rompre une fois pour toutes, elle arrangeait notre vie commune, méthodiquement, à loisir. Elle tenait même compte de ma faiblesse! Pour se débarrasser de Nyété, elle se procurait du poison grâce à moi, mais malgré moi. Je devenais son complice inconscient! Et pour se débarrasser d'Eliane... Non! Jamais je ne tolérerais cela! Mais que faire, bon Dieu, que faire!

Le soir, je ne pus dîner. La sollicitude d'Eliane me jetait hors de moi. Je voulais bien la défendre, mais d'abord qu'elle me fiche la paix! Elle venait me parler cuisine et infusions alors que je cherchais, avec désespoir, le moyen de nous sauver.

— Comme tu as mauvais caractère! dit-elle.

— Moi?

— Oui, toi! Mon pauvre ami, depuis quelque temps, tu n'es plus le même! Je sais: tu fais un dur métier! Mais il n'y a pas que l'argent qui compte!

Chère imbécile qui ne comprendrait jamais rien! Je préférais aller me coucher. J'avais hâte d'être au lendemain...

Myriam, dans le living, classait des toiles. Elle se déplaçait en s'appuyant du genou gauche sur une chaise qui lui servait de béquille.

— Tu vois, dit-elle, je prépare mon exposition.

Je sortis les 620 francs et les posai sur son tabouret.

— Cet argent t'appartient, dis-je... Où l'as-tu enterrée ?

Elle ne répondit pas tout de suite. Peut-être ne s'attendait-elle pas à cette attaque directe ? Peut-être était-elle surprise par la colère que je ne réussissais pas à dissimuler !

— Au fond du jardin... Elle n'a pas souffert !

— Ça, c'est à moi d'en juger, et tu me permettras d'en douter !

— Je te prie de ne pas me parler sur ce ton !

— Rends-moi ce flacon.

— Je l'ai jeté... François, assieds-toi et calme-toi... Ce que j'ai fait, c'est toi qui aurais dû le faire ! Non, je ne veux pas me disputer !... Ce sujet m'est pénible ! Si tu étais... comme je voudrais que tu sois... nous parlerions d'autre chose !

— Peinture, par exemple !

Elle me regarda longuement.

— Pauvre homme, dit-elle. Il te faut des détails ! Bon ! J'ai mêlé ce poison à sa viande.

— Ronga le savait ?

— Je n'ai pas de compte à lui rendre. Après, elle a creusé la fosse... Moi aussi, j'ai du chagrin. Mais cette bête n'était pas heureuse, ici. Et tôt ou tard, les voisins m'auraient obligée à me débarrasser d'elle... Tu es vexé, parce que je t'ai pris ce flacon ! Je n'avais pas le choix ! Et je t'assure que je n'avais rien prémédité ! Pour l'argent, pardonne-moi !... J'ai eu tort !

Je me levai et me dirigeai vers la porte.

— François?... Où vas-tu?

— Dans le jardin, dis-je.

— Non, s'écria-t-elle. Non! Tu veux t'en aller. Reste. J'ai encore quelque chose à te dire...

Elle fit glisser sa chaise auprès de moi.

— François... Essaye de comprendre! Tu étais attaché à cette bête! Moi aussi... Mais elle nous fixait ici. A cause d'elle, nous ne pouvions pas bouger. Tu nous vois descendant à l'hôtel avec Nyété, ou prenant le bateau?...

— Ronga savait s'occuper d'elle!

— Mais je n'ai pas l'intention de traîner toute ma vie Ronga auprès de moi! Je veux être libre de mes mouvements, François... Pour toi! C'est à cause de Nyété que je gardais Ronga. Maintenant, je n'ai plus besoin d'elle! D'ailleurs, nous ne nous entendons pas très bien, toutes les deux. Hier soir, nous avons eu une explication. De toute façon, elle partira à la fin du mois...

J'étais atterré. Ainsi, Myriam était, depuis longtemps, décidée à supprimer Nyété! quand elle jouait avec elle, quand elle la cajolait, elle savait que la bête était de trop et qu'elle devrait disparaître!

— Tu vas te sentir bien seule, observai-je.

— Pas avec toi! dit-elle. J'ai reçu beaucoup de lettres, ces temps-ci. D'Afrique, bien sûr, mais aussi de Madagascar. Finalement, c'est peut-être là-bas que nous serions le mieux. Pour toi, ce serait idéal, d'après les renseignements qu'on m'a donnés. Et moi, le pays me conviendrait tout à fait. Le climat des plateaux est agréable; les paysages sont merveilleux...

Elle ouvrit un petit meuble fermé à clef, en tira des lettres.

— Je suis obligée de tout enfermer! Ronga fourre son nez partout. Je l'ai surprise, l'autre jour, en train de lire mon courrier, et je n'aime pas beaucoup qu'elle soit au courant de nos projets...

Je rassemblai mes forces :

— Non, dis-je... Non! Je ne veux pas partir.

— Mais nous ne partirions pas tout de suite! C'est l'hiver là-bas, et puis j'ai encore pas mal d'affaires à régler et, de ton côté, il y a encore ta femme...

Je lui tournai le dos, sans un mot, et sortis. Je crois que je l'aurais frappée, si elle avait essayé de me retenir. Elle était monstrueuse. Je me répétais : monstrueuse, monstrueuse. Et moi aussi j'étais monstrueux, parce que j'étais encore là et qu'au lieu de partir sans esprit de retour, je m'attardais dans le jardin auprès de ce carré de terre fraîchement remuée. Pardon, Nyété! J'ouvris la porte de la buanderie, je flairai encore une fois son odeur, tout ce qui restait de sa petite âme fidèle. Ensuite, je cherchai Ronga, mais elle n'était pas dans la maison. Quand je mis mon moteur en route, je fus certain que je ne reviendrais jamais plus, que je ne reverrais jamais plus Myriam, que tout était bien fini. Elle n'oserait plus s'attaquer à Eliane puisqu'elle m'avait perdu et qu'elle le savait. Et si, malgré tout, elle recommençait ses manœuvres, alors je la tuerais.

9

Vous avez sans doute observé déjà cette violence des faibles! On est seul. On rêve. On agit en maître. On brise toute résistance. Et puis, on se heurte au réel! A peine chez moi, je fus de nouveau un homme accablé. Je savais bien que je ne pouvais rien contre Myriam! Je ne pouvais même pas l'oublier! J'étais du moins sûr de ma résolution; la mort de Nyété m'avait libéré. J'étais du même coup délivré du Gois, de ces voyages furtifs, de ces retours pleins d'appréhension! J'étais rendu à mes habitudes, à mon existence bien réglée. Je retrouvais, au fond de ma tristesse, la tranquillité d'autrefois. Jamais le pays plat ne m'avait paru plus amical. Pendant trois ou quatre jours, je fus comme un convalescent qui n'ose pas encore se risquer, mais qui sent ses forces revenir. Le mois de mai réussit à poétiser nos herbages et nos marais salants. C'était un plaisir neuf de rouler d'une ferme à l'autre parmi des prairies luisantes comme du gazon anglais. L'Afrique! Madagascar! De beaux mots! Mais rien que des mots! Ici, malgré ma 2 CV crottée, mes bottes et ma canadienne, j'étais un seigneur. Ce pays était le mien. Comment dire? Il était le prolongement de ma peau et j'étais le battement de son cœur. Si j'aimais Eliane, c'était parce qu'à son insu elle ressemblait aux paysannes d'ici; elle était simple comme elles, instinctive et grave. Et si, de l'autre côté du Gois, je devenais un homme peureux et lâche, aimant et détestant Myriam, c'était parce que le lien était rompu. Je comprenais mieux à quel point Myriam, en s'attaquant à Eliane, s'en était prise à moi, à la source même de ma vitalité et de mon équilibre. Partir m'était physiquement impossible. Et peut-être que Myriam, en restant, avait le sentiment de se détruire! J'aurais voulu lui expliquer doucement notre erreur; nous ne pouvions nous aimer qu'en nous dévorant; l'un de nous, fatalement, devait être la victime de l'autre! Alors pourquoi ne pas se séparer dans l'amitié? Pourquoi la rancune, la vengeance? Je me tenais ces propos pour me rassurer et aussi pour la désarmer à distance, comme si ma volonté d'apaisement avait été capable de créer, autour de la maison, une sorte de fortification invisible. Mais je discernais sans peine tout ce qu'il y avait de banalement sentimental en de telles pensées et je voyais bien que mon barrage magique serait sans effet contre les entreprises de Myriam. En dépit de mes craintes, c'était un peu par jeu que je me parlais de fortification et de barrage. Je n'arrive pas encore à tirer ce point au clair : j'étais profondément convaincu que Myriam avait le pouvoir de faire du mal à Eliane et pourtant, j'avais l'impression que cette conviction ne venait pas du meilleur de moi, mais de l'autre Rauchelle, cette espèce d'adolescent raté qui avait été subjugué par Myriam et l'admirait, quoi qu'elle fît. Je tremblais, mais je restais curieux. J'avais donc pris mes précautions, non sans un certain scepticisme

J'avais dit à la mère Capitaine que la visiteuse en imperméable bleu reviendrait peut-être. C'était peu probable, mais pas impossible.

— Qu'est-ce qu'il faudra que je fasse?

— Vous me préviendrez tout de suite.

J'avais condamné la trappe et obturé le puits, mais sans précipitation, comme si j'avais cédé à un besoin passager de bricoler. Je ne voulais rien avoir à me reprocher et en même temps, je ricanais, en dedans! Elle serait bien maligne si elle réussissait à provoquer un nouvel accident! Le soir, je lâchais Tom dans le jardin sous prétexte que sa place n'était plus dans la cuisine depuis que le beau temps était revenu. Je fermais les portes, en m'appliquant à penser à autre chose. J'affectais une certaine gaieté qui, parfois, devait surprendre Eliane, car elle me demanda, à plusieurs reprises :

— Les affaires marchent donc tellement bien?

Elle s'était mis dans la tête, depuis longtemps, que mon seul but, dans la vie, était de gagner beaucoup d'argent. A Myriam, j'aurais pu dire qui j'étais. A Eliane, je savais d'avance que c'était inutile. Mes explications l'auraient ennuyée, et même vaguement choquée. Je me bornais donc à répondre par un geste insouciant. Je m'appliquais aussi, pour lui être agréable, à rentrer à heure fixe. Je l'interrogeais minutieusement. Qu'avait-elle fait? Qui était venu? Etait-elle fatiguée? Il lui arrivait de hausser les épaules.

— De quoi vas-tu t'occuper! Tout se passe comme d'habitude!

Et puis, un soir, je la trouvai au lit, le visage creux, les yeux troubles et brillants et je fus, d'un coup, sur mes gardes. Je lui tâtai le poignet. Elle était fébrile.

— Ce n'est rien, dit-elle. Je crois que j'ai mal digéré le lapin. La sauce était un peu lourde. Tu n'as pas été incommodé ?

— Non. Qu'est-ce que tu as fait ?

— J'ai pris un peu d'uroformine.

— Veux-tu que j'appelle Mallet ?

— Surtout pas ! Ça va passer, tu penses !

Je me lavai, je me changeai, soucieux. De toute évidence, il s'agissait d'un simple embarras gastrique. Très souvent, la cuisine trop riche d'Eliane m'avait causé des malaises. Rien de plus normal qu'à son tour elle fît une fausse digestion. Mais je n'étais pas tranquille. Je revins à son chevet.

— Quelle température as-tu ?

— 38°2.

J'avais tort de m'inquiéter. Je préparai, en bas, un dîner sommaire, que j'absorbai tête à tête avec Tom et, après avoir lavé la vaisselle, je mis en train une soupe de légumes. Ensuite, je me couchai. Eliane paraissait un peu mieux, mais elle était abattue. Elle accepta un somnifère et, le lendemain, elle dormait profondément quand je partis. Je bâclai un peu mon travail. J'aurais voulu être à la maison. Je revins en forçant l'allure. Ma pauvre voiture surmenée aurait eu grand besoin d'une révision et l'eau du Gois ne l'avait pas arrangée ! Eliane s'était levée, mais avait gardé sa robe de chambre.

— Je ne suis pas très brillante, m'avoua-t-elle.

Cependant, elle mit son point d'honneur à déjeuner avec moi. Elle se borna, d'ailleurs, à boire un peu de bouillon, dont elle me fit compliment. Moi, je finis le lapin qui était délicieux.

— Tu vas te coucher, dis-je. Je me débrouillerai avec la mère Capitaine.

J'aidai Eliane à regagner la chambre et j'allai bavarder cinq minutes avec la voisine, toujours disposée à nous rendre service. Elle n'avait pas revu la visiteuse en bleu. Personne n'était venu sonner à la grille. Je cueillis quelques fleurs dans le jardin et je rentrai dans la cuisine quand j'entendis gémir Eliane. Je jetai les fleurs sur la table et grimpai l'escalier quatre à quatre. Eliane vomissait, dans le cabinet de toilette.

— Eliane... qu'est-ce que c'est?... Eliane!

Je n'eus que le temps de l'attraper, de la porter jusqu'au lit. Elle avait presque perdu connaissance. Une sueur épaisse lui poissait le front et les tempes. Des hoquets la secouaient.

— Laisse-moi, dit-elle... Laisse... Va faire tes visites...

Je tournais dans la chambre, désemparé, maladroit, me demandant ce qu'il convenait de faire pour la soulager.

— Montre-moi où tu as mal!

Mais elle se contentait de rouler la tête sur l'oreiller. Je lui tâtai les jambes. Elles étaient froides et, tout en réfléchissant, je mis de l'eau à chauffer, nettoyai la bouillotte de grès qui avait servi, mon Dieu, il n'y avait pas très longtemps... quand Eliane avait eu son accident. Etait-ce une nouvelle tentative de Myriam? Pendant quelques minutes, je fus repris par une frayeur affreuse, au point que je dus m'asseoir. J'étais là, le souffle court, aussi malade qu'Eliane et ce fut l'eau, en débordant, qui me tira de cette torpeur. D'instinct, je savais que c'était Myriam!... J'en étais sûr. L'indigestion n'était qu'une apparence, un symptôme mensonger, qui tromperait le médecin mais qui ne pouvait pas me tromper, moi, avec tout ce que j'avais appris. Cependant, je téléphonai à Mallet qui arriva presque aussitôt. Eliane somnolait, visiblement épuisée. En moins d'une heure, elle avait maigri. Ses yeux étaient à la fois agrandis et enfoncés et ils semblaient regarder, dans l'espace, des choses qui m'échappaient. J'expliquai à Mallet ce qui s'était passé. Il approcha une chaise du lit.

— Nous allons voir ça.

L'auscultation commença. Eliane sursauta quand Mallet lui palpa le ventre. Il essaya de situer exactement le siège de la douleur, mais le moindre contact de ses doigts arrachait des plaintes à Eliane. Il s'entêtait, écoutant la modulation de chaque gémissement, appréciant, comparant, et il ferma les yeux pour donner à son jugement un surcroît d'efficacité. Enfin, il leva la main en signe de perplexité.

— On va la mettre en observation, dit-il. A mon avis, c'est un peu d'appendicite. Elle n'a jamais fait de crises ?

— Non.

Il se pencha encore une fois sur le ventre d'Eliane, et nuança son diagnostic.

— Cela ressemble, en tout cas, à une crise d'appendicite.

— Vous croyez qu'il faut l'opérer ?

— On a le temps !... On va d'abord calmer ces douleurs qui gênent l'examen. Je reviendrai dans la soirée. Diète complète, c'est le mieux... Qu'elle boive, si elle a très soif, mais, modérément.

Il sortit son bloc et son stylo. J'étais indiciblement

soulagé. Une crise d'appendicite, c'est franc. On en connaît les causes. On est solidement armé contre ce genre de maladie. Je voulais bien qu'Eliane eût l'appendicite. Je le souhaitais presque. Et quand Mallet fut parti, j'entrepris de rassurer Eliane. Je la conduirais à Nantes, à la clinique du docteur Touze. Elle serait installée comme une reine. Ce serait l'affaire d'une quinzaine.

— On dirait que ça te fait plaisir ! murmura-t-elle.

— Mais non, ça ne me fait pas plaisir ! Seulement...

Seulement, ce que j'éprouvais, je ne pouvais pas le lui dire ! Je ne pouvais pas lui expliquer que cette crise d'appendicite prouvait l'impuissance de Myriam. D'ailleurs, Myriam, pour tuer Nyété, avait bien été obligée de recourir à des moyens classiques ! Allons ! mes craintes avaient été vaines. Je reprenais goût à la vie. La mère Capitaine se chargea des courses et me promit de surveiller Eliane... Une tasse de bouillon de légumes à quatre heures... ou un peu d'eau de Vichy. Je serais revenu bien avant le dîner. Un peu de potage, pour moi, deux œufs, ce serait suffisant !

Je fus absent trois heures à peine, juste le temps de me rendre à la foire à Challans où j'avais rendez-vous avec quelques clients influents. Au retour, je trouvai Eliane complètement prostrée. La mère Capitaine était affolée. Elle parlait et pleurait à la fois. Eliane avait été prise de vomissements violents peu après mon départ, mais elle avait défendu à la vieille d'aller chercher le médecin et la pauvre femme se morfondait en m'attendant. Je la congédiai le plus gentiment possible et tentai de questionner Eliane.

— Enfin, mon chéri, qu'est-ce que tu ressens ?

— J'ai soif, j'ai soif...

Je lui donnai à boire. Ses mains étaient brûlantes et tremblaient.

— Où as-tu mal?

Elle ne répondait pas. Je téléphonai à Mallet pour lui demander s'il ne serait pas urgent de prévenir la clinique. Il accourut et parut surpris devant les progrès de la maladie. Il recommença son examen.

— Ouvrez la bouche... tirez la langue...

Eliane n'avait plus la force de gémir. Elle respirait très vite et il y avait des larmes dans ses yeux. Mallet lui souleva les paupières.

— Où a-t-elle vomi? dit-il.

— Dans le lavabo, je suppose.

Il passa dans la salle de bains. Le lavabo avait été nettoyé. Mallet l'observa pensivement puis tira la porte à lui et baissa la voix :

— Qu'est-ce qu'elle a mangé, hier?

— Du lapin. J'en ai mangé moi aussi et vous voyez, je l'ai parfaitement digéré... D'ailleurs, une crise d'appendicite...

Il m'interrompit.

— Ce n'est pas l'appendicite... Ecoutez, mon vieux... j'ai l'habitude d'être franc! On jurerait que votre femme a été empoisonnée... Vous avez vu sa langue, sa salive... Ce soir, tous les autres signes y sont : le pouls, le creux épigastrique douloureux, les traces de conjonctivite...

— Ça ne se peut pas!

J'essayais de protester avec véhémence; mais je pensais au flacon qui avait disparu de ma trousse, le flacon d'arsenic.

— Ça ne se peut pas, d'accord, reprit Mallet, mais

156

moi je suis bien obligé d'interpréter les symptômes. Et je mettrais ma main au feu qu'il s'agit d'arsenic.

— Voyons... est-ce que vous vous rendez compte...

Il revint au chevet d'Eliane, lui flaira les lèvres, lui palpa l'estomac.

— Evidemment, chuchota-t-il, ce n'est pas certain à cent pour cent... Et de toute façon le cas est relativement bénin. Nous allons lui laver l'intérieur, il n'y a rien d'autre à faire! Mais pour moi, elle a dû manger quelque saloperie... Laissons-la reposer.

Je l'emmenai dans mon bureau et il puisa dans le pot à tabac, bourra sa pipe tout en regardant la pièce.

— Vous êtes sûr qu'il n'y a pas de danger?

— Absolument! Elle a utilisé un produit suspect, j'ignore lequel. Vous chercherez. Mais c'est un simple début d'empoisonnement. Robuste comme elle est, il lui en faudrait une sacrée dose!... Vous êtes bien, ici, dites donc! La campagne! La mer!... On voit Noirmoutier comme si on y était!

Il s'assit à ma table et rédigea une brève ordonnance.

— Elle n'a pas de chance, depuis quelque temps, votre femme! observa-t-il. C'est la loi des séries! J'espère qu'il n'y aura pas un troisième coup dur!... Tenez! Je vous ai indiqué de la magnésie hydratée, plus deux ou trois petites choses pour lui soutenir le cœur... On va bien voir. Ah, naturellement, elle doit faire de l'albuminurie... Alors, une analyse, n'est-ce pas? Je reviendrai demain.

Il remarqua mon trouble et mon abattement, me mit la main sur l'épaule :

— Pas la peine de faire cette tête, Rauchelle! Si vous saviez comme c'est fréquent, ce genre d'accident.

L'année dernière, j'ai vu le même cas, ici, à Beauvoir! Une vieille bonne femme qui avait tripoté un produit pour tuer les escargots... Maintenant, elle a bon pied, bon œil.

Je le reconduisis, en feignant d'être rassuré, mais j'éprouvais toujours la même frayeur, je sentais le même tremblement, et, quand je remontai l'allée, j'eus l'intuition aiguë, déchirante, que j'étais vaincu. J'avais perdu la partie. Myriam était trop forte pour moi. Mon premier mouvement fut de jeter le bouillon de légumes. Ma seconde pensée fut de le porter chez le pharmacien. Mais je connaissais Landry! Il bavarderait! D'ailleurs, pourquoi aurais-je suspecté ce bouillon que j'avais confectionné moi-même? Eliane était la seule à en avoir bu? Soit. J'en boirais donc à mon tour... La casserole était sur le fourneau à gaz. La mère Capitaine avait oublié de la mettre dans le frigidaire. Je flairai le bouillon. J'y trempai un doigt que je léchai. Est-ce que je ne devenais pas de plus en plus stupide? Comment Myriam aurait-elle pu?... Je décidai que ce bouillon était inoffensif, mais ce fut plus fort que moi : j'en versai deux louches dans un bol et je l'absorbai d'un trait, comme une purge, en fermant les yeux. Ensuite, je furetai dans tous les coins de la maison et dans le garage. D'avance, je savais que je ne trouverais rien, que jamais Eliane n'avait acheté de produit contre les escargots ou autres bestioles. Et, en vérité, je ne cherchais pas avec l'espoir de trouver! Je cherchais, comme on dit, par acquit de conscience. J'étais semblable à un homme qui a fermé son compteur d'eau, qui se revoit en train d'accomplir le geste, qui est moralement certain de l'avoir accompli et qui, pourtant, rouvre sa porte et va, encore une fois, vérifier. Si je n'avais pas fouillé partout, bien que je fusse persuadé que c'était inutile, je n'aurais pu surmonter ma panique. J'avais eu tort de croire Myriam sur parole quand elle m'avait affirmé qu'elle avait jeté le flacon. J'aurais dû exiger qu'elle me le rendît. Mais, à supposer même qu'elle l'eût fait, il lui était facile d'acheter, dans la première droguerie venue, un produit à base d'arsenic. Oui ? Et alors ? Comment s'y prenait-elle ? Est-ce qu'elle avait besoin d'utiliser un support matériel, comme ce bouillon de légumes, par exemple ? Dans le marais, quand les paysans prétendaient que quelqu'un avait « barré » le lait de leurs vaches, est-ce qu'il y avait un support matériel ? Pourquoi persistais-je à penser qu'un contact était nécessaire, par l'intermédiaire d'une chose quelconque, entre Myriam et Eliane ? Toujours mes habitudes d'esprit qui reprenaient le dessus ! Pourquoi Myriam n'aurait-elle pas empoisonné directement Eliane ? Il y a bien des arbres aux colonies et peut-être en Afrique, sous lesquels on ne peut s'arrêter sans mourir !...

Désespéré, j'allai jusqu'au bourg et j'en rapportai les remèdes prescrits par Mallet. Je ne sentais aucun malaise. Le bouillon que j'avais bu n'avait provoqué ni aigreur, ni nausée. J'absorbai un repas sommaire et m'occupai d'Eliane. Elle était un peu plus lucide et avala la magnésie sans rechigner. Je l'aidai à se laver le visage et les mains.

— Rappelle-toi, dis-je. Quand tu t'es levée, ce matin, qu'est-ce que tu as fait ?

— Quelle importance ça a-t-il ? murmura Eliane.

— Si. C'est très important. Tu t'es débarbouillée et puis après ?

— J'ai pris un peu de café.

J'avais oublié le café.

— Est-ce qu'il avait un goût normal?

— Il était comme d'habitude.

— Pas un peu plus amer?... Il n'avait pas un goût bizarre?

— Mais... non!

— Et ensuite?

— Je me suis recouchée, parce que j'avais des vertiges. Et puis, tu es arrivé... C'est tout.

— Cet après-midi, pendant que j'étais à Challans, qu'est-ce que tu as bu?

— Un verre d'eau de Vichy.

La bouteille était encore sur la table. Je l'examinai; je la sentis. Je goûtai l'eau dans le verre dont s'était servi Eliane.

— C'est la mère Capitaine qui l'a ouverte?

— Oui.

Forcément! Je posais des questions ridicules. La vieille avait attrapé une bouteille au hasard, dans la réserve! Et cette bouteille était saine, de toute évidence. Je descendis dans la cuisine. La cafetière était encore à moitié pleine... Je me forçai à boire une demi-tasse de café, froid et sans sucre. Je crois que j'aurais été heureux, oui, heureux, si j'avais senti mon estomac se contracter et la pièce tourner autour de moi! Mais le café, lui aussi, était inoffensif! Après tout, pourquoi Mallet ne se serait-il pas trompé? Je passais en revue toutes les raisons que j'avais de douter de son diagnostic. J'allai même consulter, dans mon bureau, un traité de toxicologie. A quoi bon nier? Eliane présentait les symptômes de l'empoisonnement par l'arsenic. C'était indiscutable!

Je n'avais plus le choix : je devais monter la garde auprès d'elle, jour et nuit, contrôler tout ce qu'elle porterait à sa bouche. Si je ne pouvais rien empêcher, alors j'irais trouver Myriam, j'accepterais ses conditions, je la supplierais, mais je sauverais Eliane ! Demain, c'était dimanche. Dès lundi, je mettrais une annonce dans le journal pour avertir ma clientèle que je serais indisponible pendant quelque temps. Je me couchai près d'Eliane qui s'était endormie et, pendant des heures, je ruminai les mêmes pensées. Fléchir Myriam ! Comment ? Elle devinerait du premier coup d'œil que je n'avais pas l'intention de partir avec elle ! Et si, malgré tout, je faisais semblant d'entrer dans ses vues ? Si je lui disais que j'avais réfléchi ? Si même je lui parlais de mes préparatifs ?... Là encore, je me leurrais ! J'avais tendance à croire que, lorsqu'elle serait loin, elle ne pourrait plus rien contre Eliane ! Mais, si elle était redoutable à 15 km, pourquoi le serait-elle moins à 1 500, à 3 000 km ? J'avais lu, dans des magazines, qu'un célèbre coureur cycliste était mort en Europe des suites d'une maladie mystérieuse qui lui avait été infligée en Afrique par des Noirs qu'il avait offensés. N'était-ce pas le même cas ? Oui, mais la presse avait peut-être un peu brodé ! J'allais peut-être sortir d'un rêve ? Je ne savais plus si je dormais ou si j'étais éveillé ! Je perdis conscience. A l'aube, je revins à moi. Encore un jour à vivre dans l'angoisse. Et il y aurait d'autres jours, d'autres nuits, d'autres réveils aussi amers. Je maudis Myriam, de toutes mes forces. Tom gratta à la porte du perron. J'allai lui ouvrir. Le dimanche commençait.

Il fut extraordinairement paisible ! Eliane allait mieux. Les douleurs au creux de l'estomac avaient disparu. Restait une très grande lassitude, une sorte d'affaissement de la volonté, comme si Eliane avait renoncé à guérir. J'avais beau lui parler, affecter cet empressement qu'on montre au chevet des malades, elle ne réagissait pas, n'avait même pas le courage de sourire. Cependant, ses yeux me suivaient, surveillaient tous mes gestes. Je sentais qu'elle avait peur. Je l'avais effrayée avec mes questions ; aussi, quand Mallet revint, je lui expliquai mes craintes et le priai de rassurer Eliane, ce qu'il fit avec beaucoup de finesse et de bonne humeur, lui affirmant qu'elle serait debout dans deux jours. Il lui recommanda de suivre un régime, pendant quelques semaines, car une intoxication alimentaire peut avoir des suites ennuyeuses. Eliane parut satisfaite de connaître la cause de son mal et, en présence de Mallet, elle but une tasse de thé et mangea une biscotte. Le thé, je l'avais dosé moi-même et la biscotte provenait d'un paquet que j'ouvris dans la chambre.

— Il n'y a plus d'inquiétude à avoir, me dit Mallet en descendant. Je la trouve aussi bien que possible. Elle manque peut-être un peu de ressort. Ça, je l'avais déjà remarqué. Elle doit se frapper, non ?

— Je n'ai pas cette impression ! C'est quelqu'un de bien équilibré.

— Après tout, vous êtes mieux placé que moi pour en juger !

Il ne me demanda pas si j'avais mis la main sur le produit empoisonné et je me gardai d'aborder ce sujet. Nous bavardâmes encore un moment au bord du chemin. Mallet me promit de passer lui-même à la pharmacie, le lendemain ; il me téléphonerait les résultats de l'analyse.

— S'ils sont négatifs, conclut-il, c'est que je me serai foutu dedans! Ça nous arrive à tous, même à vous, j'imagine! Dans ce cas, j'aimerais qu'on la radiographie! Derrière tout cela, il peut y avoir un ulcère!

Brave Mallet! Cette histoire d'arsenic le préoccupait plus qu'il ne voulait l'avouer. Le mot même d'arsenic est sinistre, évoque des images funèbres; je savais trop bien lesquelles et je n'étais pas fâché de voir Mallet s'orienter vers l'hypothèse d'un ulcère. Car enfin, j'absorbais les mêmes aliments, liquides et solides, qu'Eliane et il ne m'arrivait rien. Si donc de nouvelles crises survenaient, à quelles conclusions Mallet aboutirait-il? Et ce fut alors que j'aperçus, dans toute son ampleur et sa malice, la manœuvre de Myriam. Non seulement elle se vengeait de sa rivale, mais encore elle me plaçait dans une situation impossible. Elle gagnait sur tous les tableaux! Si par ailleurs Eliane venait à tomber très gravement malade, pour ne pas dire plus, j'étais voué aux pires difficultés: j'étais un homme fini! Ce n'était pas uniquement pour Eliane que je devais me battre! C'était pour moi!

Plus je creusais cette idée, plus la catastrophe me paraissait inévitable. Eliane, au fond, n'était qu'un moyen. Qui était visé, en premier lieu? Moi! Uniquement moi! Qui voulait-on faire souffrir? Moi! Qui cherchait-on à compromettre? Moi! Toujours moi! C'était un chantage horrible! Et pas d'échappatoire! Pas la moindre solution! Myriam n'avait plus qu'à me dicter ses conditions!

J'étais tellement secoué que je restai un long moment dans le jardin, le temps de me composer un visage, de me ressaisir. J'étais décidé à résister et par conséquent à empêcher ce mystérieux empoisonnement d'Eliane. J'ignorais comment Myriam s'y prenait, quelles forces elle déclenchait, mais je constatais que, depuis la veille, son attaque avait perdu toute efficacité. Peut-être avais-je trouvé la riposte en demeurant près d'Eliane, en contrôlant sa nourriture et sa boisson ? J'allais redoubler d'attention. Je revins dans la chambre. Je fis moi-même la toilette d'Eliane. Je passai l'aspirateur. Ensuite, je m'occupai de mon déjeuner. Par précaution, j'ouvris une boîte de sardines et une boîte de cassoulet. J'aurais voulu transformer la maison en salle d'hôpital, j'aurais voulu aseptiser les murs, les parquets, les meubles, l'air. Vous sourirez et vous aurez raison. Mais, était-ce ma faute si je me représentais la présence occulte et malfaisante de Myriam comme une espèce de microbe que seule une propreté totale était capable de détruire ? Si j'avais pu inventer un moyen de me purifier, d'arracher de moi le germe de cet amour qui, maintenant, nous tuait peu à peu, avec quelle joie je l'aurais utilisé ! Grâce à cette notion d'atmosphère stérile que je puisais dans mon passé d'étudiant et qui me paraissait adaptée à la situation, j'avais l'impression d'être intellectuellement mieux outillé pour défendre Eliane contre Myriam. Je préférai jeter le bouillon de légumes, toujours prompt à fermenter. Il était plus prudent de proposer à Eliane un œuf à la coque. Je le choisis avec soin, l'essuyai et le fis cuire. J'ouvris une autre bouteille d'eau de Vichy, un nouveau paquet de biscottes. Les restes, je les finirais. Eliane mangea d'assez bon appétit. Je lavai la vaisselle à l'eau bouillie et m'établis ensuite dans la chambre, avec un livre. J'avais réglé très bas le poste de radio, de manière

164

qu'Eliane entendît sans fatigue une musique joyeuse. L'après-midi s'écoula dans un calme un peu monotone et mélancolique. Eliane dormit. Je somnolai jusqu'à 5 heures. De nouveau, thé et biscottes pour Eliane. J'acceptai de boire du thé pour lui faire plaisir. Elle avait repris des forces et des couleurs.

— Comme tu te donnes du mal! murmura-t-elle.

— Pas du tout! J'aime bien m'occuper de toi!...

— Quand je suis malade!

— Et même quand tu es bien portante! Seulement, c'est moins facile! Mais je vais construire mes chenils. Il y a longtemps que j'y pense! Le travail, en ce moment, me laisse quelques loisirs. Je serai plus souvent avec toi!

Elle sourit des lèvres, mais ses yeux restèrent sérieux.

— Merci, François! J'ai besoin de te sentir là, tout près! Je ne suis pas bien, tu sais!

— Qu'est-ce que tu racontes là!

— Je me demande si je me remettrai!

Je la grondai doucement, l'embrassai sur les yeux pour l'empêcher de pleurer. Elle s'endormit encore une fois et je préparai notre dîner. Comme je n'avais pas grand-faim, je partageai son repas : nouilles et confiture. La nuit tombait. Je fis un tour de jardin en fumant ma pipe. Myriam devait s'apprêter à sortir : c'était son heure! Ou bien, allongée sur son lit, essayait-elle de s'enfoncer dans ce sommeil qui, abolissant les distances, lui donnait le privilège d'être ici en même temps que là-bas? Tom sortit de la cuisine et courut autour de moi. Il allait et venait, essayant de happer des insectes. Il n'éprouvait aucune inquiétude.

Je lui dis bonsoir et rentrai dans la maison. Alors j'entendis tousser Eliane. Le bruit de ses pieds nus retentit au plafond. Elle se précipitait dans le cabinet de toilette pour vomir.

10

J'étais passé à la basse mer du soir ; j'avais manqué
celle du matin parce que Mallet était venu trop tard. Il
était complètement dérouté. Les analyses avaient été
négatives ou du moins, elles n'avaient pas décelé la
dose importante d'albumine qu'il s'attendait à trouver. Aussi réclamait-il d'urgence une radiographie.
J'avais pris rendez-vous chez un confrère de Nantes,
sans aucun espoir. J'avais épuisé tous les moyens de
défense. J'étais à bout de ressources, à bout de nerfs.
C'était sur Myriam qu'il fallait agir, à Noirmoutier
qu'il fallait gagner la partie. J'avais laissé Eliane dans
un triste état et je ne savais pas du tout, en franchis-
sant le Gois, ce que j'allais dire ou faire. J'étais
affreusement las et si ma mort, je le répète, avait pu
être utile, j'aurais stoppé, je le jure, et attendu le flux.
Mais je devais continuer le combat. Le combat ! Il y a
de ces mots qui vous fustigent ! Est-ce que j'avais
combattu ? Est-ce que je n'avais pas toujours reculé
devant Myriam ? Ce que j'appelais, naïvement ou
lâchement, combat, c'était ma volonté de ne pas
abandonner Eliane. Quand, à force de reculer, j'aurais
le dos au mur, alors je menacerais Myriam à mon tour.

Et puis on verrait bien ! Il me suffisait de rouler pour avoir le sentiment d'agir. Quant à l'avenir, j'essaïerais de l'utiliser au mieux, selon les circonstances. Je savais que ce programme était dérisoire. Mais considérez que, moralement, j'étais démoli. Je ne cherche pas, en ce moment, à me justifier mais à éclairer l'enchaînement des événements car, bien évidemment, ma fatigue, ma peur, ont joué un rôle dans leur déroulement.

Ronga revenait du bourg avec un pain dans les bras, quand je m'arrêtai devant la villa. Elle me rejoignit et je lui serrai la main pour lui rappeler que nous étions des alliés, malgré la mort de Nyété. Je m'excusai, d'ailleurs.

— Tout s'est fait derrière mon dos, Ronga, je vous en donne ma parole. Mme Heller a pris le poison dans ma voiture.

— Je sais, dit-elle.

Son chagrin était toujours si vif qu'en une seconde son large visage fut inondé de larmes.

— Allons, Ronga ! Je comprends ce que vous éprouvez ! Moi aussi, je l'aimais beaucoup.

— J'aurais voulu l'emmener quand je partirai, dit-elle. Pour moi, c'était une amie, pas une bête !... C'est impossible, bien sûr, mais quand je pense qu'elle va rester là, que personne n'entretiendra sa tombe...

Elle s'essuya les yeux avec délicatesse, en se servant d'un mouchoir fin. Encore une fois, elle me surprenait par sa dignité.

— Vous ne partez pas tout de suite ? demandai-je.

— Dans une huitaine de jours. Vous n'êtes pas au courant ? Mme Heller m'a congédiée. Je vais faire le grand nettoyage, pendant qu'elle sera à Paris et je m'en irai...

— Elle va à Paris ?

— C'est vrai, dit Ronga, que vous n'êtes pas venu depuis quelques jours ! Oui, elle part demain... elle vous expliquera...

L'espoir, brusquement, m'illuminait, me réchauffait, je ne sais pas comment dire. C'était fort et doux comme la vie ! C'était ce que je ressentais quand j'accourais, autrefois, vers Myriam. Aujourd'hui, c'était son départ qui me rendait la joie ! Je pris sur moi pour ne pas me précipiter aussitôt vers la maison.

— Et vous, Ronga, où irez-vous ? Est-ce que vous retournerez en Afrique ?

— Non. Je chercherai une place en France. J'ai quelque chose en vue. De toute façon, je serai plus heureuse qu'ici !

— Avec elle, murmurai-je, ça va toujours aussi mal ?

— Elle ne me parle plus !... Je n'existe plus pour elle !... Je n'ai jamais existé ! J'étais une chose à peindre...

Elle ouvrit la barrière. Au même instant, Myriam apparut au coin de la villa, avec son imperméable bleu et sa cheville bandée. C'était si inattendu, cette silhouette était tellement conforme à la description de la mère Capitaine, que l'émotion me figea sur place. Mais ce n'était nullement une ombre. Myriam s'approcha de moi en boitillant. Elle croisa Ronga sans la regarder.

— François, mon chéri ! quelle bonne surprise ! J'étais sûre que tu viendrais, mais je t'attendais plutôt demain.

— Tu sors?

— Non. J'allais voir ce que fabriquait Ronga! Il y a une heure qu'elle est partie! Tu sais, cette fille... je n'en veux plus... Tu rentres un moment?

Elle passa son bras sous le mien et m'entraîna vers la maison. J'étais contracté. J'aurais voulu éviter son contact, mais elle faisait exprès de s'appuyer sur moi et je sentais, avec colère et crainte, qu'elle était amoureuse.

— Tu vois, dit-elle. Je recommence à marcher. C'est encore un peu douloureux mais la plaie est presque cicatrisée.

Elle me conduisit dans le living et là, sans même refermer la porte, elle saisit mon visage entre ses mains, posa ses lèvres sur ma bouche, à perdre haleine. Nous faillîmes trébucher.

— François chéri... Tu n'es plus fâché?... Tout est oublié?

Elle m'embrassa de nouveau, et il y avait dans ce baiser quelque chose de si emporté, de si vrai, que je fus ému à mon tour. En s'accrochant à moi, elle sautilla jusqu'à son tabouret et s'assit.

— François... Laisse-moi te regarder!... Non, je ne t'ai pas perdu! Tu m'aimes? Il faut m'aimer, François... surtout maintenant, parce que je me suis donné beaucoup de mal pour nous deux!

— Enlève ce manteau, dis-je.

Elle parut interdite. Elle n'avait pas compris que j'étais honteux d'avoir serré dans mes bras la femme en bleu, celle qui s'était introduite chez moi comme une criminelle.

— Tu es drôle, mon chéri.

Elle retira l'imperméable. C'était vraiment l'ancienne Myriam, que j'avais tant aimée. Ses yeux gris brillaient de tendresse.

— Je pars demain, reprit-elle. Je vais à Paris signer mon contrat. Le directeur de la Galerie dont je t'ai parlé déjà... tu as oublié, ça ne fait rien... est d'accord. Si j'étais de mauvaise humeur, ces temps derniers, mon petit François, c'est parce que j'ai dû me battre sévèrement. Mais il a fini par accepter mes conditions ! J'ai reçu sa lettre samedi. Alors, je resterai à Paris cinq ou six jours, le temps d'assurer le démarrage de mon exposition, et puis, je reviendrai pour voir si tout est en ordre et pour fermer la maison. Et ce sera le grand départ. Ça te donne tout ton temps...

Le living avait été débarrassé de tout ce qui l'encombrait. La plupart des toiles avaient disparu. Des valises aux étiquettes bariolées étaient rangées le long du mur.

— Assieds-toi, mon petit François ! Tu as l'air d'être en visite.

Du bout du pied, j'amenai une chaise près de moi. J'attendais la suite avec la curiosité mêlée d'effroi du chasseur qui va voir sortir du fourré le fauve dont il suivait les traces.

— J'ai été obligée d'improviser un peu, dit-elle. Tu n'aimes pas ça, mais je ne pouvais pas faire autrement. D'ailleurs, tu verras, tous s'arrangera très bien ! Finalement, j'ai choisi Madagascar.

Elle rit, peut-être pour masquer l'impudence d'un tel propos et me saisit la main, selon sa détestable habitude.

— Pour toi, c'est sans importance. Tu n'as jamais quitté la France. Alors ?... Moi, je sais que là-bas nous réussirons. J'ai une revanche à prendre ! Nous irons d'abord à Tananarive. Là, je connais quelqu'un qui m'a promis de te caser. C'est un pays d'élevage. Les vaches de Madagascar ou celles de Vendée, tu sais !... Seulement, au lieu de soigner 100 ou 200 bêtes, tu en soigneras 15 ou 20 000 ! Ça vaut la peine ! Tu es content ?

Je ne répondis pas. Je sentais qu'elle allait me révéler enfin le fond de sa pensée.

— Nous prendrons l'avion à Orly, continua-t-elle. Nous mettrons presque moins de temps pour aller à Tananarive que tu n'en mets pour venir ici, quand tu es obligé d'attendre que la mer se retire. Au fond, Madagascar, c'est beaucoup moins inaccessible que Noirmoutier. Bien entendu, fais virer tout ton argent à une banque de Paris. Tu en disposeras plus facilement, ensuite... ce sera moins gênant pour toi. Non ?... tu n'es pas d'accord ?

— Tu sais très bien qu'Eliane est malade !

— Qu'est-ce que ça change ?

— Comment ?...

— De toute façon, le divorce sera prononcé contre toi, puisque tu quittes le domicile conjugal. Si tu préfères attendre que ta femme soit guérie, tu ne tireras de ce geste aucun avantage.

Je me tus, pour la laisser poursuivre et j'eus tort car elle crut que mon objection était balayée et que j'entrais définitivement dans ses vues.

— Le mieux, dit-elle, c'est que tu n'emportes presque rien. Nous recommencerons à zéro, comme de vrais émigrants. Tu veux bien être un émigrant, avec moi ? La vie ne t'a pas tellement gâté jusqu'à présent ! Je crois que tu peux partir sans regrets.

— La question n'est pas là! m'écriai-je impatiemment.

— Attends! J'ai pensé à tout! Si tu as des malles ou des valises, fais-les transporter à Nantes. Nous les prendrons au passage, car j'ai l'intention d'acheter une voiture... oh, d'occasion... Je lui demande de m'amener ici et de nous remmener à Paris, c'est tout! Et même si j'avais pu m'en dispenser!... Mais j'ai encore beaucoup de tableaux à déménager et il ne s'agit pas de les abîmer.

Malgré moi, je l'écoutais attentivement, avec l'envie sauvage de lui lancer à la figure: « Tout cela est absurde! Tu délires! » Je haussai les épaules.

— Ton bonhomme, dis-je... celui de la Galerie... Il aurait bien pu venir les prendre?

— Non! J'aime autant qu'il ne voie pas les toiles de mes débuts.

— Alors, loue une voiture!

— Oui, tu as peut-être raison. En tout cas, nous disposerons d'un engin quelconque. J'ai calculé l'heure des marées. Dimanche prochain, la mer est basse à neuf heures du soir. Ce sera le meilleur moment. Nous nous en irons en cachette, ce qui n'est pas mon genre, mais je comprends que toi, tu préfères traverser Beauvoir de nuit. N'est-ce pas?

— Je t'attendrai devant chez moi, dis-je amèrement, mon bagage aux pieds, comme un bon petit stoppeur!

— Mais non! Je pense que tu seras assez galant pour venir m'aider à charger l'auto. Je serai seule. Et puis, il me semble que ce serait mieux de partir ensemble d'ici. Ce serait un bon présage! Tu sais comme je suis superstitieuse!

Chaque phrase de Myriam serrait un peu plus le filet autour de moi. J'aurais dû me débattre, déchirer cette toile impalpable qui me ligotait. Mais non! J'hésitais! Je perdais mon temps. Je cherchais des arguments, comme si la logique avait eu place dans ce duel! et j'étais bien obligé de reconnaître que le plan de Myriam se tenait. Ma seule objection péremptoire, celle précisément que je ne voulais pas avancer, c'était Eliane! Myriam, une fois de plus, me perça à jour:

— Qu'est-ce qu'elle a exactement, ta femme?

— Non, dis-je en me levant, non! Là, tu vas trop loin!

— François, je t'en prie! Ecoute-moi bien... Maintenant il est trop tard pour reculer! Si tu étais médecin, j'admettrais que tu veuilles rester auprès d'elle. Mais ce n'est pas toi qui la soignes! Ce n'est pas ta présence qui la guérira! Elle n'est pas seule? Vous avez une femme de ménage! Elle n'est pas sans argent! Alors?... Quand tu seras loin, crois-moi, elle en prendra son parti. Je suis même sûre qu'elle se remettra vite!

— Qu'est-ce que tu veux dire?

— Tu m'as parfaitement comprise! Elle aussi, elle sera libre! Elle retournera en Alsace. Elle refera sa vie à sa convenance!

— Tu me le promets?

Myriam sourit doucement et vint appuyer sa tête sur mon épaule.

— Chéri, tu m'étonneras toujours! Tu n'as donc jamais vécu? Je te le promets, oui... parce que je connais les femmes...

Elle esquissa un mouvement vers l'escalier, vers la chambre. Je résistai.

— Non? murmura-t-elle. C'est vraiment non? Tu t'en vas déjà? Eh bien, embrasse-moi, François chéri...

Ses lèvres forcèrent les miennes à s'ouvrir. Ses bras se refermèrent autour de mes reins. J'étais dans le piège. Elle me fouillait la bouche; son souffle brûlant me pénétrait. Je songeai vaguement à ces fleurs qui happent les insectes. J'étouffais. Je la repoussai d'un geste brutal. Myriam souriait toujours.

— Tu viendras dimanche?... Je t'attendrai à partir de huit heures et demie... A bientôt, mon petit François. Et ne t'inquiète pas trop pour ta femme... Ça s'arrangera.

Elle resserra le nœud de ma cravate, puis, posant un léger baiser sur le bout de son index, elle me l'appliqua sur les lèvres.

— Va-t'en vite... Ce n'est pas le moment de te noyer...

Je sortis sans me retourner. Je sentais qu'elle me regardait; j'étais sûr qu'elle allait contourner la maison pour me voir partir. Je démarrai avec violence. Tant pis pour Ronga! J'aurais été heureux de lui dire adieu, de lui souhaiter bonne chance. Et maintenant?... Est-ce que je serais au rendez-vous de Myriam? J'étais venu pour sonder ses intentions. Eh bien, j'étais fixé. Le marché était celui que j'avais prévu : mon départ contre la vie d'Eliane. Et ce marché, il avait été tacitement conclu. Myriam m'attendrait. Elle aurait sans doute les billets d'avion dans sa poche... A partir de maintenant, chaque minute allait me pousser vers la catastrophe. Car je ne voulais pas partir! La vie d'Eliane était précieuse, certes! mais, moi, est-ce que je ne comptais plus?

Je traversai le Gois aux phares. La mer paraissait

noire, de chaque côté. Les balises défilaient, silhouettées en traits sommaires, et l'aile blanche d'un goéland virait, de loin en loin, au bord de la nuit. Où étaient les aubes glorieuses de mon amour naissant ? Maintenant, je me glissais d'une maison à l'autre, dans les ténèbres. J'étais devenu un être furtif, aux pensées ambiguës et malades. Pour ne pas faire de bruit, je laissai la 2 CV sur la route et entrai par la porte de derrière. Je traversai le jardin et j'ouvris la petite porte du garage. Je suivais le trajet d'Eliane quand elle revenait du bourg à bicyclette. Tom accourut silencieusement, nicha son museau mouillé dans le creux de ma main. Il n'avait plus peur de Nyété, maintenant ! J'allumai mon briquet et le tins au-dessus de ma tête. La trappe était toujours fermée. Je chassai Tom et, sur la pointe des pieds, grimpai au premier. Eliane dormait. Je n'eus pas le cœur de la réveiller en me déshabillant ; je préférai passer la nuit dans mon bureau. Là, je me posai carrément la question : allais-je accepter de partir ? Si je partais, je connaissais trop bien Eliane : elle ne me pardonnerait jamais. Elle était trop simple, trop droite. Avec elle, c'était tout ou rien. J'aurais beau rompre, plus tard, avec Myriam, à compter du moment où je franchirais le seuil de cette maison, je deviendrais un étranger pour Eliane Je pouvais sauver sa vie ; j'étais sûr de perdre son amour ! Quant à lui expliquer les sortilèges de Myriam, je savais d'avance que c'était inutile. Mais, d'autre part, comment Myriam était-elle assez naïve pour croire qu'en me forçant la main, elle ne me détacherait pas d'elle ? Comment ne sentait-elle pas déjà que j'étais devenu secrètement son ennemi ? Bref, rester ? Impossible ! Partir ? Impossible !

Je vous fais grâce de toutes les solutions romanesques et fantaisistes que j'examinais, par jeu plus que par méthode, pour m'assurer que j'avais bien scruté tous les aspects du problème. La conclusion s'imposait d'elle-même : J'avais commis une faute à l'égard d'Eliane ; je devais la payer. Je lui laisserais une lettre où je m'accuserais de toutes mes faiblesses, et je m'en irais avec Myriam. Au bout de quelques semaines ou de quelques mois, je quitterais Myriam et je me retrouverais seul, ayant tout perdu. Je n'avais, au fond, qu'à me résigner à être malheureux ! C'était cela qui me révoltait ! Je refusais d'être malheureux ! Et même, à serrer la vérité de plus près, je vois que j'avais peur du changement, comme ces bêtes qu'on pousse à coups de gourdin vers le wagon de l'exil, et qui, tête basse, l'œil injecté, se plantent sur leurs pattes tremblantes et refusent de bouger. Eh bien, au petit matin, je l'avais accepté ce changement ! Et quand, les jambes lourdes, j'allai ouvrir la fenêtre, je promenai sur l'étendue des prés un œil indifférent ; je n'étais plus d'ici. J'étais épuisé, mais j'avais l'impression d'être encore un homme.

Eliane était réveillée. Elle tourna vers moi son visage au front bombé, au nez aminci.

— Tu t'es levé bien tôt ! murmura-t-elle.

Je lui tâtai les mains. Elles étaient encore très chaudes.

— As-tu mal ?

— Non. La crise est finie.

Je me penchai sur elle et je l'embrassai de tout mon cœur, je n'ai pas honte de le dire. Je sais que j'abuse de votre patience en épluchant — pourtant sans complaisance — mes sentiments, mes cas de conscience, mes

repentirs. Croyez bien que je m'agace moi-même !
Mais je note avec plaisir ce mouvement de vraie, de
profonde tendresse. Eliane a eu là ce que je n'avais
jamais donné à Myriam. Pendant toute la matinée, je
vaquai aux besognes domestiques, avec la joie fraîche
et humble d'un frère convers. J'envoyai un avis
d'absence aux journaux et je me mis à penser à cette
lettre de confession que je laisserais à Eliane. C'est
d'ailleurs de cette lettre qu'est né le rapport que vous
lisez. Tout en allant et venant dans la maison, je
guettais la route. Le car passa dans la matinée.
Comme il roulait lentement à cause des virages qui
rendent difficile la sortie du Gois, j'eus le temps de
reconnaître la silhouette de Myriam, derrière le chauffeur. Elle partait pour Paris. Tout était bien réel, son
voyage, l'avion, Madagascar... Je le savais que c'était
réel et pourtant je devais me le redire sans cesse !
Mallet, à midi, vint faire sa visite. Il hocha la tête
après dix minutes d'examen :

— Pas mal ! Pas mal !... Vous êtes une drôle de
malade, madame Rauchelle ! Continuons comme ça...
Alimentation très légère... Repos...

Il vint ensuite fumer une pipe dans mon bureau,
comme il en avait pris l'habitude.

— Mon vieux, je nage ! Et je crois que n'importe
quel confrère nagerait autant que moi ! Cette petite
douleur à l'estomac, ça finit par signifier n'importe
quoi ! Tant qu'on n'aura pas les radios, il sera
impossible de se prononcer. Quand allez-vous à
Nantes ?

— Dans trois jours... Elle va mieux, à votre avis ?
— Nettement mieux.

Moi, je n'étais pas surprise. J'aurais même pu

affirmer à Mallet qu'elle irait de mieux en mieux et que les radios ne nous apprendraient rien. Je me contentai de paraître soulagé. Naturellement, je cessai de prêter attention à ce qu'Eliane mangeait et buvait. Ces précautions n'étaient plus de saison. Le lendemain, Eliane n'avait plus de fièvre et elle commença à se lever. Moi, je commençai à écrire. A mesure qu'elle reprenait vie, j'arrêtais tous les détails de mon départ. Ce fut une étrange et pathétique période. Jamais nous n'avions été plus unis. Pour la première fois, je restais presque tout le temps à la maison. J'étais en vacances. En apparence, je flânais, j'allais à Beauvoir faire les courses ; je bavardais avec l'un, avec l'autre. Je donnais des nouvelles d'Eliane. Mais, en moi-même, je disais adieu aux arbres, aux champs, au soleil de ce pays, à ses nuages. Les habitants, je m'en moquais un peu. Mais je consacrai mes après-midi aux bêtes. Je parcourus à pied les pâtures. Je marchai longtemps, le long des talus. Les chevaux s'écartaient, avec un grand mouvement farouche de la tête. Les vaches ne se dérangeaient pas, même quand je claquais leurs flancs. Elles mangeaient. On n'entendait que le bruit de leur souffle et celui de l'herbe arrachée. Le vent passait à grandes ondes et les prairies brunissaient de proche en proche jusqu'à l'horizon. Je n'éprouvais plus de chagrin. Je me sentais creux et sonore comme un coquillage. J'étais mort debout. Et puis, à peine rentré, je fermais à clef la porte de mon bureau et je me remettais à écrire. Parfois, c'était doux ; parfois, c'était atroce. Mais je persévérais dans ma décision. Je n'avais qu'à regarder Eliane pour comprendre que j'avais choisi le seul parti honnête. Depuis que Myriam avait quitté Noirmoutier, Eliane s'était remise d'une manière quasi miraculeuse. Elle mangeait bien, digérait parfaitement et les plats d'autrefois reparaissaient sur notre table. J'ai omis de le signaler : les radios n'avaient donné aucun résultat. Myriam avait renoncé à tourmenter Eliane. Donc, je devais respecter notre pacte ! Je fis transférer une petite partie de mon argent à Paris. Je convertis l'autre en liquide. Il y avait un tas respectable de liasses qu'Eliane trouverait sur ma table avec ma confession et une lettre d'adieu. Je mis également de côté les objets que je voulais emporter. Pendant ce temps, Eliane fleurissait les pièces, repassait mon linge, préparait le thé de 5 heures. Il m'arrivait de m'arrêter, au milieu de l'escalier, à la porte du jardin. Je disais, à haute voix : « Ce n'est pas possible ! » Je ne reconnaissais même plus ma voix. Le vendredi s'écoula paisiblement. Il plut beaucoup, ce jour-là. J'écrivis longtemps. Je souhaitais qu'Eliane sentît mon affection et peut-être préparais-je déjà une future réconciliation. Vers le soir, Eliane sortit, sous je ne sais plus quel prétexte et, en vérité, j'attendais ce moment avec impatience. Vite, je transportai mes deux valises dans la voiture et je les dissimulai sous le vieux trench-coat qui me servait l'hiver. Puis, je rédigeai une courte lettre, dans laquelle je demandais à Eliane de lire jusqu'au bout les feuillets annexes. Je glissai le tout dans une enveloppe. J'étais prêt. J'aurais presque voulu partir le soir même. L'impatience commençait à battre en moi comme une petite fièvre. Le samedi, je feignis de travailler à mes chenils, simplement pour rester dans le jardin et surveiller la route. Myriam allait passer devant la grille, fatalement. Je n'avais aucune chance de l'apercevoir puisque j'ignorais quelle voiture elle s'était procurée, mais je n'étais plus maître de mon corps. Tout en plantant des repères, en traçant à la bêche le pourtour du petit bâtiment, j'écoutais. Dès qu'une voiture approchait, je levais la tête. En ce week-end, elles étaient nombreuses, hélas ! Je ne vis pas Myriam. Et ce fut le dimanche, presque solennel. Le dernier dimanche. J'apportai à Eliane son petit déjeuner, pour la dernière fois. Tout ce que je faisais, je savais que c'était pour la dernière fois. Je m'appliquais, de toutes mes forces, à profiter de ces derniers instants et je n'en retirais qu'amertume. Je ne suis pas doué pour vivre dans un présent éphémère. J'ai besoin de la durée, de la répétition, de la sécurité. Quand je pensais que, trois ou quatre jours plus tard, je serais à l'autre bout du monde, je détestais Myriam et ce dimanche avait un goût de cendres. Eliane avait confectionné des quiches, je m'en souviens. D'ailleurs, je me souviens de chaque détail avec une précision hallucinante. J'entends encore sonner les cloches de Beauvoir, et je retrouve, intact et funèbre, le parfum des roses qu'Eliane avait disposées dans des coupes, sur la cheminée de notre chambre. Je me rappelle qu'elle écouta, à la radio « Le Pays du Sourire ». Je me rappelle que nous mangeâmes, le soir, une tarte aux fraises. Je me rappelle qu'à la nuit tombante, j'allai fumer ma pipe sur la route. Les rainettes s'appelaient, d'une longue voix tremblée. Je me jurais de ne rien oublier. Myriam serait peut-être capable de recommencer sa vie à zéro. Moi, ma vraie vie s'achevait ce soir. Je rentrai, tête basse. Il y avait de la lumière dans le cabinet de toilette. Eliane était debout devant le lavabo. Elle tourna vers moi son visage décoloré :

— Ça recommence, dit-elle.

Alors, je sus que Myriam était revenue. J'aidai Eliane à se coucher. Je n'étais même pas inquiet. Il ne pouvait s'agir que d'un simple rappel à l'ordre. De loin, Myriam me signifiait que ma promesse tenait toujours. Je fis fondre dans un peu d'eau de Vichy un comprimé de tranquillisant et je donnai le verre à Eliane. Elle le vida d'un trait, tellement elle avait soif.

— Veux-tu que j'appelle Mallet ? dis-je.

— Demain, murmura-t-elle, comme je l'avais prévu.

Je gardai sa main dans la mienne. De temps en temps, des spasmes lui arrachaient des gémissements et elle cherchait en vain une position pour dormir. Il était déjà 9 heures, mais mon impatience avait disparu. Le somnifère allait procurer à Eliane un sommeil profond jusqu'au matin. Je n'en voulais pas à Myriam, bien au contraire. Elle rendait plus facile mon départ. En effet, Eliane s'assoupit. Sa respiration s'apaisa. J'attendis encore une demi-heure pour être bien sûr qu'elle ne m'entendrait pas sortir. Alors, je l'embrassai légèrement. Adieu, Eliane ! J'avais redouté ce moment. Il était arrivé et j'étais à peine ému. Le chagrin s'abattrait sur moi plus tard ; je souffrirais horriblement, je le savais. Maintenant, j'avais hâte de m'en aller. J'étais tout engourdi et comme anesthésié. Sur le seuil de la porte, je m'arrêtai. Je ne voyais que ses cheveux sur l'oreiller et la forme, à peine indiquée, de son corps sous le couvre-pied. Les roses s'effeuillaient dans leurs coupes. Ainsi, j'avais voulu cela ! J'étais capable de détruire, pourquoi, mon Dieu, pourquoi ? Lentement, je fermai la porte. Ensuite, je me dépêchai, comme un voleur. Du tiroir de mon bureau, fermé à clef, je sortis l'enveloppe, les paquets de billets de banque. J'enfilai ma canadienne. Je descendis l'escalier en chaussettes et ne mis mes souliers que dans la cuisine. Je pénétrai dans le garage et, à petits coups d'épaule, ébranlai la lourde porte à glissière, puis, à la main, je poussai la 2 CV sur la route. Tom s'agita, dans le jardin. J'allai le caresser avant de refermer le garage. Voilà ! tout était fini ! Quand je repasserais devant la maison, ce serait au volant d'une autre voiture et près d'une autre femme. Je serais déjà un autre homme. Une minute encore, je balançai. Il n'était pas trop tard pour renoncer ! Si, il était trop tard. Je n'allais pas me donner la comédie de l'hésitation alors que j'avais, depuis toujours, laissé aller les choses, les yeux grands ouverts sur ce qui m'attendait. Je m'assis dans la voiture et lançai le moteur.

Le Gois s'ouvrit devant moi, désert et tranquille. La nuit et la mer étaient pleines d'étoiles. C'était une amoureuse nuit de mai, si claire que l'Ile paraissait toute proche, haute sur l'horizon comme un navire. Je roulais sans me presser, vitres ouvertes. J'avais le temps, tout à coup ! Moi qui avais franchi tant de fois ce passage, l'œil fixé sur ma montre, talonné par la crainte d'arriver trop tard chez Myriam ou chez moi, j'étais subitement riche de jours et de mois à perdre. J'étais vacant et puissamment accordé à ce paysage de grèves, de flaques, de cailloux visqueux. J'atteignis l'autre rive. Les villages familiers défilèrent. Noirmoutier dormait, sous la protection de son phare. Mais la villa était illuminée, toutes ses fenêtres éclairées, et il y avait sur les pins un reflet de fête. Le portail était ouvert au large. Myriam m'entendit et sautilla au-devant de moi. Elle se jeta dans mes bras.

— François chéri... J'avais peur, tu sais ! J'étais

sûre que tu serais à l'heure, mais j'avais peur quand même... Merci... Merci d'être venu ! Aide-moi à marcher. Ma cheville me fait très mal... J'ai tellement couru ces jours derniers... Le docteur m'avait recommandé de me tenir tranquille !... S'il me voyait !... J'ai loué une Dauphine ; je t'ai obéi. Viens la voir ! »

Elle bavardait, avec une animation joyeuse, un entrain de petite fille pour qui la vie est un émerveillement inépuisable. J'étais un vieil homme auprès d'elle. La Dauphine était arrêtée devant le perron et elle était entourée de paquets, de valises, de colis de toutes sortes.

— Tu n'as pas la prétention de loger tout ça ! dis-je.

— Il faudra bien, répondit-elle.

Je me mis au travail. C'était une abominable corvée de caser des bagages qu'il fallait imbriquer les uns dans les autres comme les pièces d'un puzzle. Myriam était d'un avis, moi d'un autre. Je démolissais, je reconstruisais.

— Sors-toi de là, cria-t-elle, excédée. J'aurai plus vite fait.

Je regardai ma montre.

— Fais attention, dis-je. Nous disposons de quarante minutes, pas plus.

11

Pendant qu'elle introduisait de force les derniers bagages dans l'auto, je songeai soudain à mes deux valises. J'allai les chercher, mais il n'y avait plus de place.

— Enfin, chéri, où veux-tu que je les mette? dit Myriam. Regarde! Le chargement monte presque jusqu'au plafond. Il faudra même que tu le maintiennes tout à l'heure si l'on ne veut pas le recevoir sur la tête.

— Tu me vois, grommelai-je, conduisant d'une main, pendant qu'avec l'autre j'empêcherai tes paquets de nous glisser sur les épaules! C'est malin!

— C'est moi qui conduirai, décida-t-elle. C'est amusant et ça ne m'a pas du tout fatiguée. Allons, François, ne fais pas ta mauvaise tête! Laisse tes valises dans ta voiture, tant pis. A Paris, tu achèteras le nécessaire. Il faut que tu apprennes à voyager.

Malgré moi, je lançai un regard de rancune à la Dauphine bourrée de bagages, ce qui fit rire Myriam.

— Moi, dit-elle, ce n'est pas pareil! Viens. J'ai préparé du café.

— Myriam... il nous reste une demi-heure, tu y penses ?

— Ah, ne commence pas !...

Elle gravit le perron en chantonnant. Moi, je tâtai du pouce les pneus arrière. C'était idiot de surcharger ainsi une voiture. J'aurais dû conseiller à Myriam de louer une Peugeot. Le destin, qui se complaît à tirer de la rencontre de petites causes inoffensives des effets dramatiques, s'était déjà mis à l'œuvre, mais je l'ignorais. Je rejoignis Myriam dans la cuisine.

— Tu aurais tout de même pu, dis-je, fermer les portes et les fenêtres ! Nous aurions gagné du temps.

Elle me tira le bout du nez et me fit la grimace.

— Quel homme ! Jamais content... C'est bon ! On y va !

— Toi, je te prie de rester tranquille ! Avec ta patte folle, on serait encore ici demain matin.

Je plaisantais, mais le cœur n'y était pas. J'aurais pu, malgré mon désarroi intime, éprouver un peu de cette exaltation qui précède les grands voyages ! Au contraire, j'étais morne, sans ressort, abattu comme une bête qui sent venir un cataclysme. Je courus au premier et fermai volets et fenêtres. Je fis de même au rez-de-chaussée. Je me brûlai les lèvres en goûtant mon café.

— Bois-le à la cuiller, dit Myriam. Je t'assure que c'est meilleur.

— Enfin, Myriam, est-ce que tu te rends compte que nous sommes pressés ?

— Tu ne vas pas nous embêter encore avec ton Gois ; non ? Je l'ai traversé hier, je sais ce que c'est. A t'entendre, on croirait que ce malheureux Gois est une

186

espèce de guet-apens permanent! Mon petit François, c'est fou ce que tu aimes exagérer!

Je bus mon café sans répondre et je ne dis plus un mot pendant qu'elle vérifiait si la clef du réchaud à gaz était fermée, ainsi que celle du compteur d'eau. Elle se poudra, et enfin éteignit l'électricité. Le disjoncteur claqua. Myriam me chercha dans le noir, se heurta à moi et m'embrassa.

— Tu es tout froid, chuchota-t-elle. Qu'est-ce qui t'arrive?

Je la guidai vers le jardin, mais j'avais oublié qu'elle devait fermer la porte du perron et, à tâtons, elle essaya plusieurs clefs avant de trouver la bonne. Pour me prouver que je ne m'énervais pas, je bourrai ma pipe. Bien sûr, nous avions encore un peu de temps! La mer montait depuis un bon moment, déjà; nous étions en retard sur l'horaire prévu. Cependant la marge de sécurité était encore suffisante. Myriam était prête.

— Eh bien, dit-elle, qu'est-ce que tu attends? Sors les voitures pour que je boucle la barrière.

Je rangeai la 2 CV sur le bord de la route et j'amenai la Dauphine au milieu du chemin. J'essayai ses phares, écoutai le moteur au ralenti. Il tournait rond. Le plein d'essence avait été fait la veille. En somme, tout paraissait en ordre. Pourquoi sentais-je ce cercle de fer autour de ma poitrine? Je laissai ma place à Myriam et, toujours suçotant ma pipe, m'installai auprès d'elle, à demi tourné pour surveiller le comportement des bagages. Myriam démarra lentement, en emballant le moteur

— Tu vas réveiller tout le monde! dis-je.

— Ce que je m'en fiche!

187

Nous étions partis. Ma voiture restait là-bas, sous les arbres, abandonnée. J'avais quitté Eliane et la maison bravement. Maintenant, mon courage s'effondrait. Laisser ainsi ma 2 CV comme une épave... J'en aurais pleuré! Soudain, le battement d'un tam-tam emplit l'air de son rythme et une trompette hurla. Myriam venait d'allumer la radio. Au son des cuivres, au roulement syncopé du tambour, passaient le doux paysage nocturne, les fermes basses, les vieux moulins et les bouquets de tamaris. Myriam conduisait, détendue, la tête légèrement renversée sur la nuque et les doigts de sa main droite marquaient la mesure sur le volant. Elle était heureuse. Elle emmenait son prisonnier. Nous dépassâmes La Guérinière. Il y avait un peu de brume sur la route de Barbâtre, des fumerolles immobiles au-dessus des fossés. Myriam ne vit pas la bifurcation, la plaque indiquant le chemin du Gois.

— Stoppe, dis-je. Il fallait prendre à gauche.

Les freins grincèrent. La voiture ne s'arrêta qu'au bout d'une cinquantaine de mètres.

— Pas très brillant, le freinage! remarquai-je. On t'a loué un vieux coucou!

Nous revînmes au carrefour en marche arrière, non sans zigzaguer. Myriam n'était pas très habile. Elle s'énervait, sentant que je l'observais, et repartit trop sèchement. Une série de secousses déséquilibra le chargement. Je me mis à genoux sur le siège et repoussai de mon mieux les colis qui menaçaient de tomber sur nous. Un coup d'œil à ma montre. Cette fois, plus question de s'arrêter pour remettre de l'ordre dans les bagages! Nous abordâmes la chaussée menant au Gois.

— Passe en seconde, dis-je. C'est plus prudent!

La mer était plate à perte de vue et le talus du Gois dessinait un trait net, partageant les eaux. La nuit était si claire que Myriam se mit en code. La première balise, portant haut son refuge de bois, fut atteinte et la voiture commença à rouler au niveau de la mer. A mesure que nous avancions, le vide s'élargissait à l'infini autour de nous. La côte restait cachée. L'île avait sombré dans l'obscurité. Restait ce chemin étroit qui courait comme un ballast à travers l'étendue grise dont l'immobilité énorme serrait le cœur. Au loin, à gauche, des phares échangeaient, au ras de l'horizon, de rapides signes de lumière. La voiture cahotait sur la piste. Dans une dizaine de minutes, nous serions de l'autre côté. La chaussée s'abaissa encore, se confondit avec le lit de l'Océan ; l'eau s'infiltrait sous les buissons échoués du goémon et les dénouait avec lenteur. Je la voyais briller à droite et à gauche, à peine écumeuse, cernant d'une imperceptible effervescence les pierrailles. La deuxième balise se silhouetta, grossit, s'éloigna derrière nous. Le plus dur était fait.

— Tu vois, dis-je, que nous n'avions pas de temps à...

L'auto dérapa brutalement et le moteur cala. Myriam mit au point mort, actionna le démarreur, embraya. La voiture glissa encore un peu et donna de la bande, comme un bateau qui talonne.

— Arrête ! criai-je.

J'ouvris la portière et fis le tour de la Dauphine. L'arrière de la voiture avait quitté la piste et s'était envasé. Myriam se pencha.

— On a crevé ?

— Non, dis-je... Tu as manqué le virage.

Nos voix portaient loin dans le silence et la musique

189

du jazz donnait à la scène un caractère insolite et pourtant rassurant. Myriam descendit.

— Je n'y comprends rien, dit-elle. Je t'assure que je m'appliquais à rouler bien au milieu... C'est grave ?

— Je ne pense pas. Je vais enfoncer des cailloux sous les pneus. Malheureusement, la voiture est très lourde.

— 'On peut la décharger ?

Je haussai les épaules et cherchai des yeux la balise. Elle s'élevait là-bas à une centaine de mètres et sa présence semblait conjurer tout péril. Je fourrai ma pipe dans ma veste que j'accrochai à la portière.

— Arrête le moteur, dis-je à Myriam. J'en ai pour un moment.

Les pierres ne manquaient pas. Il y en avait partout, mais dès que j'introduisais les doigts dessous pour les décoller, je sentais l'eau qui s'infiltrait dans la cavité. Myriam commençait à décharger les bagages, à les empiler pêle-mêle au milieu du chemin et le jazz continuait son tapage dérisoire, tandis que j'enfonçais les pierres à coups de talon. Normalement, je devais réussir à dégager l'auto. Et si je n'y parvenais pas, la balise était là, prête à nous recueillir. Notre vie n'était pas en danger, ne pouvait pas l'être. Mais si nous passions la nuit sur le Gois, le scandale éclaterait au matin ! Impossible de le cacher à Eliane !... Je travaillais comme un forcené. Quand je jugeai la fondrière suffisamment comblée, je me mis au volant et lançai le moteur, puis, carrément, j'embrayai. Les roues patinèrent, enfonçant les pierres dans la boue et, de nouveau, le moteur cala. Je redescendis et je compris que la Dauphine était condamnée. Elle s'était enlisée plus

190

profondément. Il aurait fallu trois ou quatre vigoureux gaillards pour pousser la voiture.

— Avec le cric? proposa Myriam.

— Et tu l'appuieras sur quoi, ton cric? hurlai-je, furieux. Il fallait partir à l'heure, voilà tout. Mais non!... Il paraît que j'exagère toujours...

J'empoignai deux valises :

— En route!

Myriam me regarda sans comprendre.

— Qu'est-ce que tu veux faire?

— Nous mettre à l'abri sur la balise! Et crois-moi, ça presse!

— Tu es fou. Et la voiture, alors?

Je lâchai les valises pour saisir le poignet de Myriam.

— Viens, viens voir...

Je la tirai au bord du talus.

— Baisse-toi... Touche... là... oui... à nos pieds... C'est l'eau... C'est la mer qui monte, tu comprends? Dans trois quarts d'heure, il n'y aura plus de Gois. Le courant balayera l'auto, emportera tout...

Myriam était intelligente et énergique. Elle ne discuta pas, mais choisit aussitôt parmi ses paquets, ce qu'elle jugeait le plus précieux : des toiles ficelées dans une grande serpillière. Je repris les valises et commençai à marcher. Le Gois m'avait toujours effrayé. Ce que j'avais redouté s'était produit. Eh bien, ça y était. Je savais maintenant comment les choses se passaient! Ce n'était pas bien terrible. J'avais entendu raconter des histoires dramatiques. La vérité était plus vulgaire. Il fallait tout simplement marcher, marcher à perdre haleine en se tordant les pieds, jusqu'au refuge. Et il était loin, ce refuge ! Au moins cent cinquante mètres. S'il n'y avait pas eu tous ces bagages à sauver !

J'atteignis le socle de la balise, haut et massif comme une pile de pont. Des marches taillées dans la pierre permettaient d'atteindre l'énorme pièce de bois supportant la plate-forme. Mais nous avions le temps de grimper là-haut. Je me retournai pour aider Myriam à monter. Elle était encore à mi-chemin, boitant bas, et je me souvins de sa cheville. Tout était contre nous, cette nuit-là ! Et pourtant, elle était belle, cette nuit, avec toutes ces étoiles qui paraissaient bouger. Je me précipitai au-devant de Myriam pour l'aider.

— Non, dit-elle... Va chercher mon chevalet et mes boîtes...

Je courus, mais je dus adopter une allure plus prudente car mes semelles glissaient sur le terrain toujours détrempé en cet endroit. De loin, la voiture semblait s'enfoncer de l'arrière dans la mer, comme un bateau. Ses portières ouvertes, ses phares allumés, la musique du poste et les colis répandus un peu partout imposaient l'image du naufrage, et ce fut à cet instant-là que l'angoisse pénétra en moi. J'atteignis la Dauphine et repris mon veston qui contenait mes papiers et mon carnet de chèques. Puis, je piquai au hasard dans les bagages deux paquets, calculant que pour tout enlever, j'aurais à effectuer quatre ou cinq voyages. A trois cents mètres l'aller-retour... non, je n'aurais jamais le temps de tout sauver. J'aperçus Myriam qui venait à ma rencontre.

— Reste là-bas, criai-je...

Myriam me croisa comme si j'avais été un étranger, un passant. Elle ne pensait plus qu'à disputer à la mer ses affaires. Elle trébuchait, sur ses minces souliers de ville, mais elle avançait, obstinée, habituée à vaincre. Je sentis l'eau sous mes chaussures, à vingt mètres de la balise, et mes pieds furent tout de suite mouillés. Pourtant, les pavés disjoints de la route étaient toujours aussi minutieusement dessinés. L'eau, transparente, restait invisible ; cependant, la mer était là, non plus légèrement en contrebas, comme tout à l'heure, mais au niveau même du chemin et, de la nuit, sortait peu à peu une rumeur faite de mille clapotis ; la voix du flot qui, trouvant sa pente, amorçait son courant. Je me hissai avec mes ballots sur le socle de béton et soufflai un peu. Je voyais nettement la silhouette de Myriam. Elle paraissait marcher sur une grande prairie grise. La chaussée déjà perdait tout relief. Cette fois, la panique fondit sur moi. Je dégringolai les marches du refuge et soulevai, en bas, un éclaboussement menu. Je trempai la main dans l'eau. Elle coula autour de mes doigts, tiède, vivante. Il y en avait bien trois ou quatre centimètres.

— Myriam !... Reviens, Myriam !...

Elle ne tourna même pas la tête. Je devais, maintenant, faire un effort pour repérer la route, sous mes pieds. Les pavés restaient visibles mais comme à travers un brouillard, et des débris d'algues, des petits morceaux de bois, passaient de plus en plus vite d'un bord à l'autre du chemin.

— Myriam... Bon Dieu... Réponds !...

Elle s'arrêta, retira ses souliers et les jeta au loin, puis elle se remit en marche. Quand elle arriva près de la voiture, j'avais encore plus de cent mètres à franchir et, malgré moi, je ralentissais, à mesure que je m'éloignais de la balise, comme si j'avais senti se rétrécir, autour de moi, la zone de sécurité dont elle était le centre. Myriam se chargea de tout ce qu'elle put loger dans ses bras et, lentement, la tête jetée de côté, revint sur ses pas. J'avançai encore un peu, et soudain mes chevilles s'enfoncèrent dans un trou. Je faillis perdre l'équilibre et m'arrêtai, le cœur décroché. La mer commençait à écumer le long de la chaussée noyée. Je regardai en arrière. La balise n'était pas bien loin. Elle paraissait gigantesque au-dessus de la plaine mouvante. Je ne savais pas nager et, si je me laissais entraîner hors du gué, j'étais perdu. Je fis quelques pas hésitants. Myriam, là-bas, pataugeait vigoureusement ; l'eau sautait autour d'elle. En cette minute, toute ma rancune venait de se ranimer et, par une absurde association d'idées, les paroles chantées par Myriam me revinrent à l'esprit :

> *Mundia mul'a Katéma*
> *Silumé si kwata ku angula*
> *Mundia mul'a Katéma...*

Elle était bien avancée, maintenant. Elle avait voulu me retenir, me garder, par tous les moyens. Et nous étions pris au piège, tous les deux. Le froid m'engourdissait les jambes et je commençais à sentir la pesée du courant. Myriam aussi devait lutter car elle titubait un peu. Nous nous rapprochions l'un de l'autre.

— Lâche tout ça, lui criai-je.

Etait-ce l'eau qui montait plus vite ou le chemin qui, en cet endroit, s'abaissait : la mer atteignit mes genoux. Je fus certain que nous étions en train de jouer notre vie. J'entendais le souffle rauque de Myriam. Et puis, il y eut comme un bruit de plongeon ; elle venait de tomber et se débattait au centre d'un remous blanc.

— Ma cheville, gémit-elle. Je ne peux pas...

Elle était à trente mètres de moi. Le courant me faisait osciller comme un arbre entamé à sa base. Elle réussit à se relever sur un genou et ramassa ses paquets. Je me poussai en avant, d'un mètre, de deux. Nous allions mourir là, bêtement, par sa faute, parce qu'elle n'avait pas voulu abandonner ses toiles, ses couleurs, ses pinceaux ! Une légère brise de terre fit courir de courtes vagues et détruisit en un clin d'œil le calme inhumain de la mer. Le Gois englouti devint un long chemin d'écume, un sillage immobile et tourmenté, au centre duquel nous nous efforcions l'un vers l'autre. Elle se mit debout, ruisselante :

— François !

Immobile, bras tendus, je faisais en quelque sorte le compte de mes forces. Oui, je crois que je pouvais encore franchir la distance qui nous séparait et revenir avec elle.

— François !

Je ne voulais pas la tuer, je le jure ! Ma volonté de la sauver était intacte. Le vent souffla un peu plus fort. Il sentait le foin, la terre de chez moi. Il m'apporta le son étouffé d'un aboiement. Ce fut ce vent paisible et plein de souvenirs qui décida à ma place. Des larmes brouillèrent ma vue. Je reculai, avec précaution, comme si j'avais voulu effacer les traces de ma fuite sur la mer... Myriam ne s'aperçut pas tout de suite que je m'éloignais d'elle. Cherchant du pied une prise solide, elle fit un nouveau pas et sa cheville céda une nouvelle fois. Elle s'abattit dans un fracas d'eau giflée, se retourna sur le dos pour hurler.

— François !

Sa terreur me serra le ventre. Moi-même, je n'étais

plus qu'un tourbillon d'instincts luttant contre la mort, mais, au centre de ma débâcle, je conservais un point d'atroce lucidité et je me répétais le proverbe Suto : « On cloue la peau d'un mort sur une autre peau. » Morte la sorcière, j'étais libre, j'étais sauf, auprès d'Eliane retrouvée ! Je reculai toujours, tous mes muscles raidis contre le courant qui me faisait plier les jarrets. Myriam se redressa sur les bras. J'avais peur d'elle maintenant ! Elle était capable de résister encore longtemps.

— François !

C'était le dernier effort. Ses bras fléchirent. Elle se débattit. Le courant la bouscula et soudain, sous sa poitrine, sous ses cuisses, il n'y eut plus rien. La chaussée avait disparu. Elle avait perdu l'appui du gué. Elle s'en allait, roulée par le flux, à bout de souffle. Je la vis partir, moi-même battu par des vagues plus fortes. C'était fini. J'étais seul, avec l'épave de l'auto d'où sortait toujours une joyeuse musique et une grande nappe de lumière. Je me retournai vers la balise et je me demandai si j'aurais assez d'énergie pour l'atteindre. Je me sentais soulevé, déporté sur le côté. Je risquais, moi aussi, de perdre pied. Une vie sourde semblait animer le sol sur lequel j'essayais de peser et c'était toute la masse de la mer que mes jambes, l'une après l'autre, devaient refouler. Je me battais farouchement, sans penser à rien. Le refuge était là, comme une sorte de château fort. Il me surplombait presque. Le vent glaçait la sueur sur mon visage et ma respiration me brûlait la gorge. J'avais de l'eau jusqu'au ventre. Ce fut une question de minutes : quatre ou cinq minutes de plus et je me noyais. Finalement, je ne sais plus si j'aurais eu le temps de porter secours à Myriam. Cette question, je ne cesse pas, je ne cesserai jamais de me la poser... Je m'accrochai aux marches, je tombai à plat ventre sur le socle de ciment, près des bagages... La joue sur la pierre, j'écoutais en moi le tumulte du sang. Puis la peur me reprit. Je me jugeai encore trop près de l'eau montante, et par les barreaux de fer scellés dans la poutre, je gagnai, en ahanant la plate-forme. De là, je découvris soudain la voiture à demi submergée. Les phares, complètement recouverts, éclairaient toujours et la mer devant l'auto, était d'un vert irréel, mais la musique s'était arrêtée. Je fouillai des yeux l'endroit où Myriam avait disparu. J'écoutai. Je n'entendis que les vagues clapotant au pied de la tour. J'essayai de lire l'heure, à mon poignet, sans y parvenir ; mais il m'était facile de calculer que je ne pourrais pas m'échapper du Gois avant sept heures du matin.

La longue, l'affreuse veillée commença. Je me déshabillai pour tordre mon pantalon et vider mes souliers. Je me frictionnai. Je marchai autour de la plate-forme. J'étais encore hébété. Tout s'était fait si vite ! Je restais en retard sur l'événement, cherchant quelles fautes nous avions commises, comme s'il y avait eu un moyen d'arrêter le temps, de revenir en arrière et d'empêcher le drame ! Mais Myriam était morte ! Je l'avais tuée ! En état de légitime défense !... Non ! C'était moins clair, plus tortueux ! J'en avais assez d'elle, et j'avais brusquement compris que l'occasion était bonne... Je savais que j'étais à la fois coupable et innocent, mais dans quelle mesure l'un, dans quelle mesure l'autre ? Jamais je n'arriverais à débrouiller seul cet écheveau de motifs, de raisons, de mobiles... J'avais honte et j'étais indiciblement soulagé ! Les phares de l'auto s'éteignirent et mes pensées suivirent un autre cours. Myriam n'avait parlé à personne de notre départ. Si j'avais la chance de n'être pas découvert sur mon refuge, si je pouvais rentrer chez moi sans être vu, si j'avais le temps de détruire ma confession et de cacher les billets avant le réveil d'Eliane, je ne serais sans doute pas inquiété. Je n'avais rien à craindre de Ronga. J'étais sûr de son amitié. Elle se tairait. Elle ne révélerait à personne ma liaison avec Myriam. On retrouverait la Dauphine, on constaterait la disparition de Myriam, on repêcherait son corps dans la baie et on conclurait à l'accident. C'était d'ailleurs un accident ! L'enquête ne remontait pas vers moi. Il serait absolument impossible d'établir que j'étais avec elle dans l'auto. Fort heureusement, mes valises étaient encore dans la 2 CV. Je n'aurais qu'à prendre le car du soir et je ramènerais ma voiture... J'enfilai mon pantalon. Il sécherait plus vite sur moi. Je remis mes chaussures et je descendis sur le socle de la balise. La mer brisait sur l'obstacle, crachait des volées d'embruns qui m'inondaient. Je me retins solidement à l'échelle et, du pied, je poussai à l'eau les valises, les toiles, les derniers objets compromettants. Ils filèrent, happés par le courant. C'était comme si je venais de noyer Myriam pour la seconde fois. Je revins sur mon perchoir et l'horreur de mon geste, lentement, me pénétra, comme un froid mortel. J'avais beau me chercher des excuses, j'étais un criminel, car je suppose que c'est l'intention qui fait le crime... J'avais supprimé un monstre. Est-ce qu'on est un assassin quand on fait disparaître un monstre ?... Ainsi, sans une seconde de répit, jusqu'à l'aube, je me déchirai à mes remords et à mes doutes. Quand le jour se leva, la mer baissait depuis longtemps. La Dauphine, maculée de boue, avait été entraînée à une dizaine de mètres de la chaussée. Le soleil éclaira la mer jusqu'à l'horizon. Elle était vide. Je regardai le Gois, vers l'Ile. Personne... Vers Beauvoir, personne. Je descendis au ras de l'eau. Le courant de jusant était faible, mais il fallait encore attendre. Je claquais des dents. Mes souliers, durcis, m'entamaient la peau. Enfin, je me risquai. Je partis, avec de l'eau jusqu'à mi-cuisse. Au début, ce fut très dur. Mais, la carcasse de la Dauphine une fois dépassée, la route se releva un peu et je progressai plus rapidement. Le soleil me chauffait le visage, la poitrine. De loin en loin, je reprenais haleine en m'appuyant aux piquets. La côte se rapprochait. Bientôt, je n'eus de l'eau que jusqu'aux chevilles. Et puis, ce fut la route goudronnée, sèche, et la sortie du Gois. Il était six heures et demie. J'avais bien fait de ne pas attendre la fin de la marée pour quitter ma balise, car j'aperçus au loin une camionnette qui arrivait. J'abandonnai la route nationale et, à travers champs, je gagnai ma maison par-derrière. Eliane dormait encore. Sur mon bureau, il y avait toujours les liasses de billets et l'enveloppe. Je les mis sous clef, me déshabillai et me frottai à l'alcool pour me réchauffer. J'étais mort de fatigue, mais hors de danger. Je m'assoupis quelques instants dans un fauteuil. Quand Eliane s'éveilla, elle me trouva auprès d'elle, en robe de chambre, les yeux bouffis, tout semblable à un homme qui vient de se lever et, naïvement, elle me demanda :

— As-tu bien dormi ? Je ne t'ai pas entendu...

Je l'embrassai sans répondre.

Le soir même, l'enquête était ouverte. Dans toute la

région, on ne parlait que de l'accident du Gois. Le lendemain, les journaux publiaient une photographie de Myriam. Des pêcheurs exploraient la baie. Moi, je me tenais coi. J'étais allé récupérer la 2 CV. J'avais vidé mes valises. Je passais tout mon temps au chevet d'Eliane qui, après sa dernière crise, la plus violente, se rétablissait lentement.

— Tu vas guérir, lui répétais-je. Tu es déjà beaucoup mieux.

La santé d'Eliane, c'était ma seule récompense et, dans une certaine mesure, ma justification. Et j'avais grand besoin de ce réconfort car, la scène du Gois, je la revivais sans cesse. Que dis-je! C'étaient tous les événements de ce printemps que j'examinais encore une fois, un à un! Myriam morte, la hantise de sa présence malfaisante disparue, je ne comprenais plus! Tout ce qui m'avait semblé évident, m'apparaissait douteux. C'est pourquoi, j'ai entrepris d'écrire cette relation. Je l'ai écrite d'un jet, non seulement pendant les longues après-midi où Eliane se reposait, mais encore pendant une partie de mes nuits... Eliane, avec l'égoïsme des malades, ne prend pas garde à ma mine défaite. Elle s'applique, de toutes ses forces, à guérir. Elle recommence à rire, à plaisanter. Moi, je me juge! Et je me condamne! Je pourrais essayer d'oublier! L'enquête est close. Le corps de Myriam n'a pas encore été retrouvé. La Dauphine a été remorquée à Beauvoir. Je l'ai vue passer, enduite de vase. Les journaux ne parlent plus de l'accident. Personne n'est venu m'interroger. Oui, je pourrais oublier. Mais ce récit, conduit à son terme, m'accable! Je n'ai pourtant oublié aucun détail. D'où vient, alors, que maintenant, j'ai l'impression d'avoir omis quelque chose, ou d'avoir mal interprété certains événements, certaines circonstances! Ma véritable culpabilité est peut-être là! Je sais que Myriam a voulu tuer Eliane! J'ai vu le puits encore éraflé par les cordes des sauveteurs. J'ai vu la trappe ouverte. J'ai vu la cheville tuméfiée de Myriam. J'ai vu Eliane presque moribonde. Et puis, Myriam s'est noyée sous mes yeux. Elle m'a appelé quatre fois et — comment dire — si elle avait été ce que j'ai cru, elle ne m'aurait pas appelé avec cette voix-là, cette voix qui, jusqu'au bout, m'a fait confiance! Vous lirez ce rapport. Vous comprendrez peut-être ce que je n'ai pas su démêler! Pour moi, maintenant, ma résolution est prise. Je vais me dénoncer. Il le faut. J'ai préparé ma valise. Elle est dans la 2 CV. Je partirai tout à l'heure, comme tous les samedis. J'embrasserai Eliane. Et j'irai à Nantes me constituer prisonnier. J'ai laissé mourir Myriam pour protéger Eliane; maintenant, Eliane n'a plus rien à craindre. Je dois penser à Myriam. Il me semble qu'en m'accusant, je diminuerai ses fautes. J'en prendrai sur moi une partie. Je sais, personne ne me demande rien. Du point de vue d'une certaine sagesse, j'ai tort. Et puisque j'ai voulu épargner Eliane, je devrais lui éviter cette dernière épreuve. C'est vrai. Mais j'aime Myriam. Je l'aime encore, malgré l'horreur et le dégoût qu'elle m'a parfois inspirés. Peut-être à cause de cette horreur et de ce dégoût. Il est impossible qu'une femme soit aussi méchante. Alors? Je me suis donc trompé? Si je me suis trompé, qu'on me condamne. Mais si je ne me suis pas trompé, qu'on m'enferme. De toute façon, je n'en peux plus. Une partie de moi est morte sur le Gois et je suis las de survivre. On va m'interroger, me tourmenter de mille manières. Je ne répondrai pas. Je m'en remets à vous. Ils vous écouteront ; ils vous croiront quand vous leur direz qui, de Myriam ou de moi, est le vrai coupable.

12

Vendredi

Mon cher François,

J'ai longtemps hésité avant d'écrire ces lignes. Je ne sais plus par où commencer ! Si tu étais un autre homme, nous pourrions nous expliquer ! J'ai eu des torts, certainement. Je n'étais peut-être pas la femme qu'il te fallait ! J'ai essayé de te rendre heureux, du mieux que j'ai pu. Moi, je me faisais du bonheur une idée toute simple : le bonheur, c'était d'être avec toi ! Mais j'ai compris, très vite, que cela ne te suffisait pas. Tu m'aimais, oui, je crois que tu m'aimais bien, comme on dit ! Mais, je crois aussi que je n'étais pas pour toi quelqu'un d'assez rare, juste une compagne, un être dont on a fait le tour ! Mon pauvre François, c'est vrai, je ne suis pas comme toi ! Je suis sans mystère. Mais si tu avais vraiment fait attention à moi, tu aurais senti, du moins, que j'étais capable de souffrir. Et, à cause de toi, j'ai souffert... j'ai terriblement souffert. Je n'ai pas l'intention de t'apitoyer. Maintenant, mon parti est pris et je peux te parler presque froidement, parce que je n'ai plus que deux jours à vivre près de toi. Depuis une heure, je sais que tu vas partir. Dimanche soir, tu me quitteras pour t'en aller avec cette femme.

C'est elle, finalement, qui l'emporte. Soit!... Dans quelque temps, tu apprendras que je suis morte. Tu en éprouveras peut-être du chagrin. Sûrement, même! Tu pleureras sur toi, parce que tu es très doué pour cultiver les émotions délicates... Pardonne-moi! Je ne peux pas retenir ma rancune. Je t'en veux, François!... Tu as fait de moi, ces derniers temps, une femme méchante et désespérée! Mais tu n'as pas réussi à faire de moi une dupe. Voilà ce que je veux que tu saches! Je suis une femme simple, je l'admets. L'autre est sans doute plus distinguée, plus intelligente que moi. Il vous arrivera, là-bas, de parler de moi. Tu n'auras pas le droit de dire : « Eliane, oui... elle était bien gentille, mais elle n'était pas très fine », parce que ta liaison, j'en ai connu les détails, tous les détails, depuis le début! J'ai su, tout de suite, d'instinct, que tu aimais une autre femme! J'ai lutté d'abord contre ce soupçon. Je t'estimais trop, François; j'avais en toi une confiance totale. Pour moi, l'amour était avant tout une parole donnée. Il y avait le reste, aussi, qui m'a toujours paru un peu secondaire, les caresses, le plaisir, l'intimité, mais la parole donnée primait tout. C'est pourquoi j'écartais les soupçons. Tu étais encore plus distrait, plus absent que d'habitude. Tu ne me voyais plus. Je mettais cela sur le compte du travail. Mais je fus bien vite obligée de reconnaître que tu étais heureux. François, tu ne peux savoir ce que c'est! Toi, toujours préoccupé, toujours ruminant des pensées cachées, tu faisais exprès de paraître plein de soucis. Tu fronçais les sourcils, tu te mordillais les joues, mais tes yeux brillaient malgré toi; tu marchais plus vite! Il y avait dans ta manière de porter les épaules, de relever la tête, quelque chose de nouveau, de jeune, qui me déchirait. L'amour était sur toi comme un pollen. J'en percevais l'odeur. Tom aussi qui ne te connaissait plus. J'ai cru que tu avais rencontré quelque petite paysanne; je m'imaginais que c'était une passade et déjà c'était terrible! Mais je m'ingéniais à te trouver des excuses. Je n'ai jamais très bien compris cet élan qui vous jette sur nous, le besoin que vous avez de nous toucher, comme s'il y avait, sous notre peau, quelque chose à découvrir, qui serait un secret et une nourriture. Je dis cela très mal parce que ce n'est pas clair pour moi. Mais enfin, j'étais prête à admettre que tu avais cédé à un mouvement irréfléchi. J'avais mal et pourtant, je conservais quelque espoir. Tu me l'as souvent dit : je suis une petite femme raisonnable et je me garde de trop demander à la vie.

Et puis Ronga, un beau jour, vint me voir ! La brave, l'excellente fille ! Et même l'excellente amie ! Quelle reconnaissance je lui dois. Tout de suite, je sus que je pouvais m'appuyer sur elle, me confier à elle. Son dévouement a dépassé mon attente. Mais que pouvions-nous, Ronga et moi, contre vous deux ! Vous étiez les plus forts. Dès la première seconde, j'ai eu l'intuition que tout était perdu. Ronga avait été envoyée par sa maîtresse pour prendre des photos de la maison. Loyalement, elle me prévint. Myriam t'aimait. Elle voulait tout connaître de toi, de ta vie. Je ne sais pas qui est cette Myriam et je ne tiens pas à le savoir, mais quand une femme est capable d'inspirer tant d'animosité à sa servante, c'est qu'elle ne vaut pas cher. Je ne suis peut-être qu'une petite bourgeoise aveuglée par ses préjugés. Pourtant, il me semble, François, que tu aurais dû te méfier. Est-ce qu'une vraie femme qu'on épouse, auprès de laquelle on vieillit, élève un guépard, fait de la peinture, mène cette vie de bohème ? Et ce passé scandaleux, en Afrique ! Ces ménages détruits ! La mort bizarre de ce M. Heller ! Tu connaissais tous ces détails. Ils ne t'ont pas révolté ? L'honnête Ronga, elle, osait à peine me les raconter. Je la vois encore, me disant :

— Il ne faut pas que ces choses recommencent. M. Rauchelle n'est pas méchant, mais il est faible. Il va se laisser mener si vous ne faites rien.

Que faire ? J'étais bien trop malheureuse pour me défendre. Ronga photographia la maison, le garage, le jardin. Moi, je n'avais plus la force de prendre une initiative quelconque. Je n'avais qu'un désir, m'enfermer pour pleurer. Ronga fit tout pour me consoler. Elle me promit de revenir. Quand je fus seule... non, je préfère me taire. Je n'avais que toi au monde, François, et tu m'abandonnais. Je comprenais, maintenant, pourquoi tu étais toujours si pressé de partir, pourquoi tu ne savais jamais quand tu rentrerais. Chaque jour, ainsi, tu as pu me mentir... mais à quoi bon revenir là-dessus! J'étais loin de chez moi, dans un pays abominablement triste, sans une amie... Il n'y avait pas d'issue. Je résolus d'en finir. Je n'avais pas d'arme, et je n'avais pas non plus tellement de courage. Pourquoi pensai-je au puits? Je l'ignore. Je crus sans doute qu'il était facile d'enjamber la margelle et de se laisser tomber. Personne ne me verrait. Personne ne m'entendrait. Et j'avais l'impression que cette mort prendrait un caractère particulièrement dramatique, que tu souffrirais à ton tour, que tu me plaindrais; peut-être même renoncerais-tu à l'autre! On se fait de drôles d'idées, François, quand on touche le fond du malheur. Ce qui me donna l'énergie d'aller jusqu'au bout, ce fut justement cette conviction que j'allais vous séparer. Et je ne me trompais pas tellement, puisque tu faillis rompre. Depuis, j'ai bien souvent maudit Tom. Sans lui, je n'aurais pas été sauvée et bien des souffrances m'auraient été épargnées. Mais quand je repris connaissance, quand je te vis penché sur moi, quelle joie j'éprouvai! Car, à ce moment-là, du moins, tu m'aimais encore; je t'avais retrouvé. Tes larmes, tes larmes, François, étaient sincères. Tout n'était donc pas perdu! Ah, si nous avions eu, alors, assez de simplicité pour nous dire la vérité! Mais comment t'aurais-je avoué que j'avais voulu me tuer! Et toi, tu restais noué, empêtré dans tes remords et dans ta fameuse dignité! Tu te taisais. Ou bien, tu m'interrogeais sur ce que tu appelais « l'accident ». Tu avais l'air de croire qu'on m'avait poussée. C'était absurde, mais, de toi, rien ne m'étonnait plus.

Cependant, dès que je revis Ronga, je lui signalai le fait. Elle vint souvent me voir, pendant ma convalescence. Pour une femme robuste comme elle, le Bois de la Chaise était à peine à une heure de bicyclette du Gois. Elle partait un peu en avance et s'arrêtait à Barbâtre. Si tu n'apparaissais pas aux premières minutes de la basse mer, cela signifiait que le chemin était libre. Mon pauvre François, même en amour, tu es un homme d'habitudes. Ronga t'avais observé. Plusieurs fois, elle t'avait vu traverser, roulant dans l'eau pour arriver plus vite. Quand, au bout d'un quart d'heure, elle ne t'avait pas aperçu, elle savait que tu faisais tes visites. Alors, vite, elle venait ici. Je lui avais recommandé de passer par-derrière et je suis sûre que jamais personne ne la vit entrer ou sortir. Souvent aussi, nous nous téléphonions. Ronga m'appelait, de la cabine de Noirmoutier. Elle pensait à tout. Je n'ai jamais rencontré une femme plus astucieuse, plus décidée. Elle m'aimait de tout son cœur. Quand je lui avouai que j'avais voulu me tuer, elle pleura comme toi, tu n'avais pas pleuré, et elle me fit promettre que je ne recommencerais plus. A partir de ce moment-là, elle chercha le moyen de vous séparer. Je la mis sur la voie, involontairement, le jour où je lui parlai des livres que tu avais achetés. Je les lui montrai. Elle lut les notes que tu avais prises, pendant ces longues veillées où je t'attendais en vain. Elle comprit tout de suite à quoi tu avais pensé. Tu savais que M. Heller était mort dans des circonstances bizarres et que sa femme avait dû s'exiler. Tu soupçonnais donc ta maîtresse de m'avoir jetée dans le puits, grâce à des pratiques mystérieuses. Je n'aurais jamais fait ce rapprochement toute seule mais, pour Ronga, il était tout naturel : Ronga ne croyait plus à la magie et pourtant elle n'en était pas encore tout à fait détachée. C'est pourquoi, un peu plus tard, elle eut l'idée de l'imperméable. J'accueillis cette idée avec scepticisme. Quand j'entendis Ronga m'exposer son plan, je faillis même refuser de me prêter à cette expérience. Mais, pour te reprendre, François, j'aurais tenté n'importe quoi. Ça ou autre chose, quelle importance. J'étais tellement lasse! Le guépard avait mordu Myriam. Tant mieux! J'aurais souhaité qu'il l'étrangle. Pour le reste, ça m'était égal. Je me livrai, sans beaucoup de confiance, à la manœuvre que tu devines. La mère Capitaine me vit partir à bicyclette. Mais je n'allai pas à Beauvoir. Je fis le tour de la maison. J'endossai, non sans répulsion, l'imperméable, je me bandai la cheville et je regagnai la route. Pour la mère Capitaine, ce fut évidemment une autre femme qui poussa la grille; même pour Tom j'étais devenue une étrangère à qui il montrait les dents : je portais sur moi l'odeur de l'autre et de son guépard. Comment pourrais-je te pardonner! Et pourtant, quand tu découvris, un peu plus tard, la trappe ouverte, j'eus pitié de toi, François, tellement ton trouble était apparent, tellement tu avais peur! Ah! Ronga ne s'était pas trompée! Tu avais beau aimer ta maîtresse, tu la jugeais capable de tuer! Je me sentais vengée! Avec quel horrible plaisir, alors, je suivis les progrès de tes soupçons, de ton angoisse. Tu commençais, le soir, à t'attarder au jardin. Non seulement tu avais fait condamner le puits et la trappe, mais tu n'en finissais plus de verrouiller les portes. Et tu posais de plus en plus souvent sur les choses ou sur moi ce regard vide et vaguement terrifié que je connais si bien! Là-bas, dans l'île, je le savais par Ronga, tu te querellais avec l'autre! J'eus vraiment l'impression de triompher! J'avais un peu honte, en même temps, pour nous deux! Je n'étais pas fière de te jouer cette basse comédie, François! Et j'étais encore moins fière de voir qu'elle t'abusait! C'était donc si faible, un homme épris, si crédule, si vulnérable? J'avais vécu, jusque-là, comme une petite oie blanche! En quelques semaines, je devins rouée à mon tour; j'appris la passion et ses délires. Cette Myriam, à ta place, je l'aurais tuée vingt fois! Mais, en glissant dans ton esprit le doute, à travers toi, déjà, je l'atteignais, je la blessais, je la *faisais souffrir. Et ton visage de supplicié me donnait des tressaillements de joie. Maintenant, l'invention de Ronga me paraissait admirable! J'aurais voulu la perfectionner encore, lui ajouter de nouvelles trouvailles; je ne reculais plus devant rien! Dès que tu t'en allais à ton travail, je me précipitais dans ton bureau et j'ouvrais tes livres, ces livres pleins de folie et de frénésie! Je lisais tes fiches. Moi aussi je perdais la tête. Sans le dire à Ronga, je façonnais, toute seule, pour moi, pour apaiser mon inquiétude de chaque seconde, d'informes effigies de Myriam, en mie de pain, que je transperçais d'aiguilles. J'apprenais par cœur des litanies incompréhensibles, citées par tes auteurs comme des modèles de maléfices. En m'éveillant, en m'endormant, je demandais la mort de cette femme. François, François, qu'as-tu fait de moi? Je suis peut-être devenu pire qu'elle!*

Et puis, je dus me rendre à l'évidence! Tu retournais là-bas! Tu ne pouvais pas te passer d'elle! J'appris par Ronga qu'elle avait empoisonné son guépard, avec de l'arsenic qu'elle t'avait volé. Je sus également qu'elle avait l'intention de quitter la France. Mais Ronga ne pouvait me dire si tu voulais partir avec elle! Je vécus des journées abominables, cherchant en vain un moyen de te retenir! Ronga m'avait montré la voie à suivre. Je résolus de m'y engager jusqu'au bout. Il m'était facile de me procurer, dans ta pharmacie, un flacon d'arsenic. J'eus ce courage, François, ce courage affreux de m'empoisonner! Pas pour mourir! Du moins pas pour mourir tout de suite! Simplement, pour t'obliger à rester près de moi! J'étais sûre que tu n'oserais pas partir. Tu aimes trop les bêtes! Et je n'étais plus qu'une malheureuse bête, moi, ta femme! Ronga me supplia de renoncer à ce projet! Elle en était folle d'angoisse! Mais je n'avais plus le choix! Puisque ma première tentative, celle de l'imperméable, n'avait pas réussi, puisque Ronga, congédiée, allait être obligée de s'éloigner, il ne me restait que cette dernière chance. Si je ne me trompais pas dans les doses, si je survivais, peut-être pourrais-je te garder ? Peut-être même te détacherais-tu enfin de cette femme ! Car tu ne manquerais pas de lui imputer mon empoisonnement ! Qui a tué son chien ou son guépard peut bien tuer sa rivale. Quand j'ai délayé les granulés, ma main ne tremblait pas. Mais quand j'ai bu le poison !... Je ne savais plus si je t'aimais ou si je te haïssais ! Après, quand les premières douleurs m'ont brûlé le ventre, je vous ai maudits tous les deux ! Ce que j'ai pu souffrir !... Tu avais beau te tenir près du lit, me prendre la main, je n'arrivais pas à te pardonner. Je te voyais, François, tel que tu es ! Je me demande comment l'amour peut survivre, quand l'être qu'on aime est ainsi jugé, dans une sorte de lumière implacable ! Mais, malgré les douleurs physiques — qui ne sont rien en comparaison des autres — j'étais décidée à tout. Je n'hésitai pas à absorber une nouvelle petite dose de poison, presque sous tes yeux, alors que tu contrôlais ma boisson et mes aliments, pour donner à tes soupçons un tour décisif. C'était Myriam la coupable ! Tu devais te pénétrer de cette idée, jusqu'à la nausée ! Je ne perdais aucun de tes gestes, aucun de tes regards, parce que le moment était venu pour toi de choisir ; c'était Myriam ou moi ! Pendant quatre ou cinq jours, j'ai cru que la balance penchait en ma faveur. Quel homme es-tu donc ? Tu t'occupais de moi avec tout le dévouement dont tu es capable et pourtant tu ne pensais qu'à l'autre ! Jamais je ne te reprendrai ! Est-ce de l'hypocrisie ? de la faiblesse ? Ou peut-être l'amour n'est-il pour toi qu'une émotion passagère ! Car si tu avais eu besoin de cette Myriam ou de moi comme j'ai besoin de toi, tu n'aurais pas hésité une minute ! J'aurais presque préféré te voir trancher dans le vif, brutalement, virilement. Tes atermoiements me dégoûtaient. J'en venais parfois à me dire que Myriam aussi était une victime ! Et puis il y eut ce coup de téléphone de Ronga. Oh, ce n'est pas vieux ! Il me semble que je l'ai reçu autrefois, et c'était... hier après-midi.

Tu n'étais pas, par chance, dans la maison. Ronga me donnait rendez-vous près du Gois et je l'ai rencontrée tout à l'heure. Elle m'a appris, enfin, la vérité; j'ai su tout à la fois qu'elle s'en allait définitivement, que Myriam rentrait demain et que dimanche soir vous partiez tous les deux! Elle m'a montré la lettre qu'elle avait reçue de Paris. Une lettre insolente de joie! Si tu n'avais pas été d'accord avec cette femme, est-ce qu'elle aurait usé de ce ton! Il y a longtemps que vous préméditez votre coup! Il n'est pas arrêté dans tous ses détails, j'ignore si tu attendras ta maîtresse à Beauvoir ou si tu la rejoindras à Paris, mais ce qui est sûr, c'est que lundi tu seras loin. J'ai perdu.

Lundi, j'avalerai la moitié du flacon. Je ne me manquerai pas, je te le jure. Auparavant, j'enverrai cette lettre à l'étude de Mᵉ Guérin. Il la fera suivre. Adieu, François! Ce qui me console un peu, c'est que je suis certaine que tu ne seras jamais heureux. Dès que tu m'auras perdue, tu commenceras à me regretter. Tu n'aimes que ce que tu n'as pas, pauvre homme! C'est elle, maintenant, que je plains.

Eliane

Samedi

Ma bien chère Ronga,

Le cauchemar est fini. Quand je vous ai rencontrée, il y aura 15 jours demain, vous vous rappelez, vous partiez pour Bordeaux, et moi…! J'étais résolue à me tuer, ma pauvre amie! Je vous le dis maintenant: j'avais déjà avalé la première dose. François n'en parut pas ému outre mesure! Je crois qu'il était alors en pleine folie, qu'il ne savait plus lui-même ce qu'il allait faire! Depuis, j'ai compris à quel point je m'étais trompée sur son compte. Mais, il est tellement indéchiffrable! Oui, le dimanche soir, j'étais complètement désespérée. Il me fit prendre un somnifère que j'acceptai, lâchement! Je ne voulais pas assister de mon lit à son départ, entendre les portes se fermer une à une et rester seule, ensuite, dans le silence de cette maison désertée. Le lundi, quand j'ouvris les yeux, il était là; il n'était pas parti! Au dernier moment, il m'avait préférée: Cela vous paraîtra peut-être incroyable! Moi-même il me semble que je rêve. Et pourtant, il est là! Comme moi, il a lu les journaux! Il a appris tous les détails du drame, et son visage est resté aussi calme que si cette femme avait été une étrangère! Parfois, je pense qu'il aurait pu se trouver sur le Gois avec elle, et se noyer avec elle! Je suis bouleversée! Pas lui! Quand j'ai vu, dans le journal de ce matin, qu'on avait repêché le corps du côté de la Bernerie, malgré toute la haine que j'avais pour elle, j'ai été émue. Lui, il n'a pas bronché. Ronga, chère Ronga, je suis certaine, maintenant, qu'il ne l'a jamais aimée, je veux dire, aimée d'amour. Vous vous êtes trompée! Il a pu être attiré par elle, je l'admets. Vous l'avez vu souvent, m'avez-vous dit, comme égaré par la passion. Mais il n'est pas parti, et cela coupe court à toute discussion. Si cette femme avait eu le moindre pouvoir, il m'aurait quittée, croyez-le bien! Nos petits complots étaient inutiles! J'en ris, maintenant! La vie va recommencer, comme avant, mieux qu'avant! Elle recommence déjà! Mes forces sont revenues. Je me fais belle, pour lui. J'ai d'abord, et avec quelle joie, détruit la lettre que j'avais écrite avant... Mais je ne veux plus parler de cela. C'est bon, Ronga d'oublier, d'être heureuse, de l'entendre dans la maison. Il va, il vient, et ses bottes font craquer les planchers. Il y a une odeur de pipe, un peu partout, j'aime cette odeur. Voilà que j'aime tout de lui, même ses silences et ses regards vides. Avant, peut-être que je ne savais pas l'aimer! Je l'aimais en idée! Je n'étais pas encore attachée à sa présence. Je sais, depuis peu, qu'où n'est pas le corps n'est plus l'amour! Autrefois, ce que j'écris là m'aurait scandalisée!

J'ai changé. Je ne suis plus la même. Je n'ai plus de haine. Je pense à Myriam avec douceur. Elle a peut-être souffert, elle aussi !

J'ignore, ma chère Ronga, si nous nous reverrons. Mais sachez que je vous garde une grande reconnaissance. Vous m'avez aidée d'une manière que je n'oublierai jamais. Merci. Je ferme vite cette lettre car François s'agite, là-haut. C'est samedi et il va partir pour Nantes, comme chaque semaine. Il va faire des courses, renouveler sa pharmacie et sans doute aller au cinéma. Il aime cette petite promenade et je souhaite qu'il reprenne toutes ses habitudes. Il ne se doute pas que je sais. Il ne s'en doutera jamais. Il sera près de moi comme un enfant pardonné. Ecrivez-moi de temps en temps, Ronga. Je suis de tout cœur votre amie.

Eliane

— Ne pars pas, François. J'ai préparé une liste de commissions. Il me faut de l'encaustique. A Beauvoir, je le paye trop cher. Et puis, deux tringles à rideaux. J'ai noté les dimensions... Et puis, tu verras, cinq ou six petites choses... Dis-moi au revoir, François... Embrasse-moi... Tu aurais pu te raser... Qu'est-ce que c'est que cette grosse enveloppe ?... De l'argent, je parie. Non ?... Cachottier !... Ne rentre pas trop tard... Je t'ai fait une surprise, pour le dîner... Adieu, François chéri. A force de fréquenter les bêtes, voilà que tu deviens muet comme elles. Tant pis ! Je t'aime comme tu es... Va vite... Je t'attends...

DES MÊMES AUTEURS

LE TRAIN BLEU S'ARRÊTE TREIZE FOIS *(Nouvelles)*.

ET MON TOUT EST UN HOMME *(Prix de l'Humour Noir 1965)*.

LA MORT A DIT PEUT-ÊTRE.

LA PORTE DU LARGE *(Téléfilm)*.

DELIRIUM.

LES VEUFS.

LA VIE EN MIETTES.

MANIGANCES *(Nouvelles)*.

OPÉRATION PRIMEVÈRE *(Téléfilm)*.

FRÈRE JUDAS.

LA TENAILLE.

LA LÈPRE.

L'ÂGE BÊTE *(Téléfilm)*.

CARTE VERMEIL *(Téléfilm)*.

LES INTOUCHABLES.

TERMINUS.

BOX-OFFICE.

MAMIE.

LES EAUX DORMANTES.

LE CONTRAT.

LE BONSAÏ.

LE SOLEIL DANS LA MAIN.

À la Librairie des Champs-Élysées

LE SECRET D'EUNERVILLE.

LA POUDRIÈRE.

LE SECOND VISAGE D'ARSÈNE LUPIN.

LA JUSTICE D'ARSÈNE LUPIN.

LE SERMENT D'ARSÈNE LUPIN.

Aux Presses Universitaires de France

LE ROMAN POLICIER *(Coll. Que sais-je ?).*

Aux Éditions Payot

LE ROMAN POLICIER *(épuisé).*

Aux Éditions Hatier – G.-T. Rageot

SANS-ATOUT ET LE CHEVAL FANTÔME.

SANS-ATOUT CONTRE L'HOMME À LA DAGUE.

LES PISTOLETS DE SANS-ATOUT *(romans policiers pour la jeunesse).*

DANS LA GUEULE DU LOUP.

L'INVISIBLE AGRESSEUR.

PARUTIONS FOLIO POLICIER

Impression Bussière Camedan Imprimeries
à Saint-Amand (Cher),
le 27 novembre 1998.
Dépôt légal : novembre 1998.
Numéro d'imprimeur : 985622/1.

ISBN 2-07-040761-6./Imprimé en France.
Précédemment publié par les Éditions Denoël.
ISBN 2-207-23110-0.